U0933109

他们感动了中国

峭 岩◎著

中国言实出版社

图书在版编目(CIP)数据

他们感动了中国 / 峭岩著 . -- 北京 : 中国言实出版社, 2021.3

ISBN 978-7-5171-2445-0

Ⅰ. ①他… Ⅱ. ①峭… Ⅲ. ①诗集－中国－当代
Ⅳ. ①I227

中国版本图书馆 CIP 数据核字（2021）第 034025 号

出 版 人 王昕朋
责任编辑 肖 彭
责任校对 佟贵兆

出版发行 中国言实出版社

地 址：北京市朝阳区北苑路 180 号加利大厦 5 号楼 105 室
邮 编：100101
编辑部：北京市海淀区花园路 6 号院 B 座 6 层
邮 编：100088
电 话：64924853（总编室） 64924716（发行部）
网 址：www.zgyscbs.cn
E-mail：zgyscbs@263.net

经　　销 新华书店
印　　刷 三河市华东印刷有限公司
版　　次 2021 年 4 月第 1 版　2021 年 4 月第 1 次印刷
规　　格 710 毫米 ×1000 毫米　1/16　22.5 印张
字　　数 360 千字
定　　价 78.00 元　ISBN 978-7-5171-2445-0

峭岩，原解放军出版社副社长、编审，解放军艺术学院文学系主任、政委。中国作家协会会员，第十九届国际华文诗人笔会副主席。

出版著作有短诗集《星星，母亲的眼睛》《幽幽绿地幽幽情》，叙事长诗《高尚的人》《静静的白桦林》《一个士兵和一个时代的歌》《遵义诗笔记》《仰望》《烛火之殇——李大钊诗传》《跪你一千年——写给文成公主的99首情诗》《萧萧班马鸣——一代传奇萧军诗传》《落红——萧红诗传》《峭岩文集》12卷等50余部。

获中国首届《新国风》杰出诗人奖、第十五届（昆明·东川）国际诗人笔会授予的“中国当代诗人杰出贡献金奖”、中国新诗百年全球华语诗人“杰出贡献奖”。

仰望，昨夜星辰（代前言）

——献给为共和国英勇牺牲、无私奉献的先烈和英模们

此时 是大脑
所有大脑极具快乐
也是极为清醒的时光
窗外 爆竹再次响起
缤纷万种
　爆炸着
　　轰响着
　　　追逐着
叫喊幸福

国民们正做迎接建党一百年的准备
山水阡陌都梳理一新
城镇乡村也穿上了花衣裳
这是岁末年初
幸福又启步 远行
就在此时此刻
我想到幸福最初扎根的血色黄昏
想到黎明前以生命告别我们的先辈英烈
以及正在奋斗新时代的一个个伟岸身影

一只仙鹤向晴空乘风而去

做了白云的伙伴

我的思绪也由此而远游
　重溯历史
　　峰峦迭荡
　　　悲歌四起
　　　　风雨飘摇
我抚摸祖国躯体的胎记
历数英雄纪念碑上的名字
他们是不能忘记的昨夜星辰

我激情着
睁大不眠的瞳孔
躲进我的世界
推酒杯于桌侧
放竹筷于碗边
置歌声于窗外
逐鲜花于原野
展纸伏案在市井的深处

让历史长河回流脚下的土地
接续黄河大合唱的壮怀荡胸的旋律
在心灵之上
在光荣之上
在万物之上
在光芒辐射的角角落落
再次轰响……

目录

远方的梦，有你
——于敏

你的梦在和平之上
它在戈壁大漠上扎根
托起一片蘑菇样的云朵
那个夜晚，花儿无眠

有多少次方程演算
就有多少次星星飞翔
有多少次假日未归
就有多少次激情击岸

窝居的岁月心比天大
梦里的核变乾坤倒转
雷霆直上云霄的时刻
你的泪水在笑里长圆

诗歌背景墙

于敏（1926 年 8 月 16 日—2019 年 1 月 16 日），出生于河北省宁河县（今天津市宁河区）芦台镇，核物理学家，国家最高科技奖获得者。1980 年当选为中国科学院学部委员（院士）。原中国工程物理研究院副院长、研究员、高级科学顾问。

在中国氢弹原理突破中解决了一系列基础问题，提出了从原理到构形基本完整的设想，起了关键作用。此后长期领导核武器理论研究、设计，解决了大量理论问题。对中国核武器进一步发展到国际先进水平作出了重要贡献。从 20 世纪 70 年代起，在倡导、推动若干高科技项目研究中，发挥了重要作用。1982 年获国家自然科学奖一等奖。1985 年、1987 年和 1989 年三次获国家科技进步奖特等奖。1994 年获求是基金杰出科学家奖。1999 年被国家授予“两弹一星”功勋奖章。1985 年荣获“五一劳动奖章”。1987 年获“全国劳动模范”称号。2015 年获 2014 年度国家最高科技奖。2018 年 12 月 18 日，党中央、国务院授予于敏同志“改革先锋”称号，颁授改革先锋奖章，并获评“国防科技事业改革发展的重要推动者”。2019 年 1 月 16 日，于敏在北京逝世，享年 93 岁。同年 9 月 17 日，国家主席习近平签署主席令，授予于敏“共和国勋章”。

把梦举上月球的人

——孙家栋

你的全部印象，是一把轮椅
北斗三号卫星升空时
你把头颅举在轮椅上仰望
仰望一滴汗水的万种风情

之前，月亮是神话里的杜撰
我们的奶奶常在夜晚说起
那时我们幻想，去桂树下乘凉
和玉兔跑过山岗

你最懂得华夏人的心思
上天揽月，于是你出发了
当云彩化为诗歌的翅膀
碧霄就有了庄稼的呼吸

一把土，来自月球上生命的律动
把它放在日光下分离
你站进歌海里欢呼时
竟变成一把轮椅的奇迹

诗歌背景墙

孙家栋，男，汉族，中共党员，1929 年 4 月 8 日出生，辽宁复县人。中国航天科技集团有限公司高级技术顾问，风云二号卫星工程总设计师，北斗二号卫星工程和中国第二代卫星导航系统重大专项高级顾问，原航空航天工业部副部长，中科院院士。我国人造卫星技术和深空探测技术的开拓者之一，从事航天工作 60 年来，主持研制了 45 颗卫星。担任我国北斗导航系统第一代和第二代工程总设计师，实现了北斗卫星导航系统的组网和应用。作为我国月球探测工程的主要倡导者之一，担任月球探测一期工程的总设计师，树立了我国航天史上新的里程碑。

1967 年，担任中国第一颗人造地球卫星技术负责人。1999 年，被授予“两弹一星”功勋奖章。

2018 年 12 月 18 日，党中央、国务院授予孙家栋同志“改革先锋”称号，颁授改革先锋奖章，并获评航天科技事业创新发展的重要推动者。2019 年 9 月 17 日，国家主席习近平签署主席令，授予孙家栋“共和国勋章”。

西沟，西沟
——申纪兰

让我们站上云彩的翅膀吧
望着西沟的宏大和无边的绿
她是播种“女人花”的女人
——申纪兰

注定她是女人的神
站上西沟村的树冠上
一呼，红纱巾们走出家门
一呼，女人和男人并肩站立

她站在山岗上的姿势
是中国女人的姿势
她的话，让西沟村的历史翻了个身
那声音，震撼了中国半壁江山

诗歌背景墙

申纪兰（1929 年 12 月 29 日—2020 年 6 月 28 日），女，汉族，出生于山西省平顺，中共党员，全国劳动模范、全国优秀共产党员、第一至第十三届全国人大代表、“改革先锋”称号获得者、“共和国勋章”获得者、山西省平顺县西沟村党总支副书记。

申纪兰 1946 年 10 月参加工作，1953 年 8 月入党。历任金星农林牧生产合作社副主任、中共平顺县委副书记、山西省妇联主任、长治市人大常委会副主任、全国妇联第二至四届执委。

2018 年 12 月 18 日，党中央、国务院授予申纪兰同志“改革先锋”称号，颁授改革先锋奖章。2019 年 9 月 17 日，国家主席习近平签署主席令，授予申纪兰“共和国勋章”。

掩埋的灵魂
——张富清

所有目光投向他——一个老兵
他不说话
颤抖的手举在旗海和欢声里
胸前的奖章也沉默不语

自己把自己掩埋，是大智慧
忘掉昨天，始于今天
是荆楚大地的品质
收工后的一杯茶也许是最好的奖励

他的汗水滴进贫瘠的山坡
家园便有了一丛绿荫
他的艰辛落进夕照的残阳
村庄也才有了破晓的鸟啼

埋着，深深地埋着的灵魂
它的光泽映射天地

诗歌背景墙

张富清，男，汉族，1924年12月生，中共党员，中国建设银行来凤支行原副行长。

张富清在新中国成立前入伍，出生入死、保家卫国，以赫赫战功为中国解放事业立下汗马功劳；复员转业后，主动到最艰苦的地方工作生活，克己奉公、为民造福。60多年来，他深藏功名、尘封功绩，坚守初心、不改本色，用自己的朴实纯粹、淡泊名利书写了精彩人生。

1948年3月，张富清光荣入伍，成为西北野战军359旅718团2营6连一名战士。他先后参加了壶梯山、东马村、临皋、永丰等战役。每一次战斗，他都是突击队员，先后炸毁敌人4座碉堡，是董存瑞式的战斗英雄。其中在永丰战役中，他带领突击组与敌人近身混战，一颗子弹从头顶飞过，头皮受伤，继续作战，打退敌人数次反扑，孤军奋战持续到天明，夺取敌人碉堡两个，缴获机枪两挺。张富清在解放大西北战斗中立下了赫赫战功：荣立特等功1次、一等功3次、二等功1次，“战斗英雄”称号2次。2019年9月17日，国家主席习近平签署主席令，授予张富清“共和国勋章”。

稻谷之父

——袁隆平

以星星命名的人是男人的神
你从稻谷的圣经里脱颖而出
米丘林也激动不已

天地分开后，植物就有了雌雄
可稻谷的自花授粉已成定论
神说，是可以改变的
只要心无旁骛

之后，你决然住进稻粒里
看分子，分蘖，找到稻谷的子宫
再杂交，一次，两次，无数次
把头扎进一片黑夜

于是，稻谷的子孙结队而来
拥挤成汪洋的浑圆，雪白的珍珠
你从门口跑向田埂
一头跪在稻子前，长跪不起

神话变成饱满的现实
就在那个稻谷扬花的早晨
你蹲下，蹲下，捧起一捧金色的阳光

向神致敬

此时，我愿意跨过幸福，跑过十月的田野
握住你多皱的手，一起回忆往事
随意流泪，任性欢笑
这个时候的我们呵，改写了农耕的履历

诗歌背景墙

袁隆平，男，汉族，无党派人士，江西省九江市德安县人。1930年9月7日生于北京，中国杂交水稻育种专家，中国研究与发展杂交水稻的开创者，被誉为“世界杂交水稻之父”、国家杂交水稻工程技术研究中心、湖南杂交水稻研究中心原主任，湖南省政协原副主席，中国工程院院士，美国国家科学院院士，中国发明协会会士，湖南农业大学名誉校长，第六、七、八、九、十、十一、十二届全国政协委员。

1953年，毕业于西南农学院（现西南大学），1995年，被选为中国工程院院士，1999年，中国科学院北京天文台施密特CCD小行星项目组发现的一颗小行星被命名为袁隆平星，2000年获得国家最高科学技术奖，2004年获得沃尔夫农业奖，2006年4月当选美国国家科学院外籍院士，2010年获得澳门科技大学荣誉博士学位，2018年，当选中国发明协会首届会士。

袁隆平是杂交水稻研究领域的开创者和带头人，致力于杂交水稻技术的研究、应用与推广，发明“三系法”籼型杂交水稻，成功研究出“两系法”杂交水稻，创建了超级杂交稻技术体系。提出并实施“种三产四丰产工程”，运用超级杂交稻的技术成果，出版中、英文专著6部，发表论文60余篇。

2018年9月8日，获得“未来科学大奖”生命科学奖。2018年12月18日，党中央、国务院授予袁隆平“改革先锋”称号，颁授改革先锋奖章。2019年9月17日，国家主席习近平签署主席令，授予袁隆平“共和国勋章”。

致核潜艇之父
——黄旭华

有的人是无名的，只要他愿意
潜入时间，三十年不名
只是青春的一节骨头

我们曾羡慕巨鲸，它是大海的王者
把核动力安装在肚子里
就可以征服海洋以外的世界

这不是诗人的浪漫，是一个真实
他就站在我的面前，满头白发如雪
而心，却像一滴水那么年轻

世界在他的目光里变成一粒尘埃
而我们，都像有巢的鸟儿踏实而自信

诗歌背景墙

黄旭华，舰船设计专家、核潜艇研究设计专家。原籍广东省揭阳市（今揭东区玉湖镇新寮村），1924 年 2 月 24 日（一说 1926 年 3 月 12 日）出生于广东省海丰县（今汕尾市田墘街道），1949 年毕业于国立交通大学船舶制造专业。1994 年当选为中国工程院院士。湖北省科协荣誉委员，曾任前中国船舶重工集团公司第七一九研究所副总工程师、副所长、所长兼代理党委书记，以及核潜艇工程副总设计师、总设计师、研究员、高级工程师、名誉所长等职。

黄旭华长期从事核潜艇研制工作，开拓了中国核潜艇的研制领域，是中国第一代核动力潜艇研制创始人之一，被誉为“中国核潜艇之父”，为中国核潜艇事业的发展作出了杰出贡献，主持完成中国第一代核潜艇和导弹核潜艇研制，分别获 1985 年和 1996 年国家科学技术进步奖特等奖。1989 年被授予“全国先进工作者”荣誉称号。2014 年被评为“感动中国”2013 年度人物。2017 年 10 月 25 日，获 2017 年度何梁何利基金“科学与技术成就奖”。2017 年 11 月 9 日，获得第六届全国道德模范敬业奉献类奖项。2019 年 9 月 17 日，国家主席习近平签署主席令，授予黄旭华“共和国勋章”。2020 年 1 月 10 日，获国家最高科学技术奖。

改写青蒿历史的女人

——屠呦呦

我断言，死过三百八十回的人
必定是神

她从青蒿里提取的一种元素
是我们生命活力的因子
它抗拒死神，让濒临死亡的孩子新生
为人类打开生命之窗

不要说诺贝尔奖的高贵
就是一剂药液救助一个死亡
足以让我们倾倒

诗歌背景墙

屠呦呦，女，汉族，中共党员，中国首位诺贝尔奖获得者，药学家。1930 年 12 月 30 日生于浙江宁波，1951 年考入北京大学医学院药学系生药专业。1955 年毕业于北京医学院（今北京大学医学部）。毕业后接受中医培训两年半，并一直在中国中医研究院（2005 年更名为中国中医科学院）工作，其间晋升为硕士生导师、博士生导师。现为中国中医科学院首席科学家，终身研究员兼首席研究员，青蒿素研究开发中心主任，博士生导师。2019 年 9 月 17 日，国家主席习近平签署主席令，授予屠呦呦“共和国勋章”获得者。

青春，一生的发力和火焰

——王蒙

是的，你在岸上奔跑的姿势多么风光
我在河边的荆棘路上追你，像天上的云彩
总有一天会追上你，掏遍你口袋里的秘密
你厚厚的大书做了我的台阶，一步步迈过
口若悬河的谈吐，让我羡慕不已

我曾站在风里，感受你笑的风的姿势
我曾喊回你的少年，做梦玩耍，上山捉鸟
我也曾在伊犁河里拾起苦涩的依然带笑的浪花
反身钻进语言堆叠的书页里，做一个书虫吧
在汉语的丛林中跋涉，翻越，寻寻，觅觅

在我的印象里，你一直在奔跑
从少年到青年，再到壮年暮年
把手里的时间攥出火花，浪花乃至石头
挥手时，你只说：青春万岁！
那一定是你生命的全部誓言

我站在你的门前，你是不知道的
我不叫门，只听屋里一棵树的呼吸穿越苍穹
我想做你的枝叶，抑或一点绿
我一定要深入你的骨骼，你的白发

打回我的原初，春苗破土，吞钙纳氧
其实，坐在你的门前倾听，足够我的一生

诗歌背景墙

王蒙，男，河北南皮人，祖籍河北沧州，1934 年 10 月 15 日生于北平（今北京市）。中共第十二届、十三届中央委员，第八、九、十届全国政协常委。中国当代作家、学者，文化部原部长，中国作家协会名誉主席，任解放军艺术学院、南京大学、浙江大学、上海师范大学、华中师范大学、新疆大学、新疆师范大学、中国海洋大学、安徽师范大学教授、名誉教授、顾问，中国海洋大学文新学院院长。

著有长篇小说《青春万岁》《活动变人形》等多部小说，其作品反映了中国人民在前进道路上的坎坷历程。曾获意大利蒙德罗文学奖、日本创价学会和平与文化奖、俄罗斯科学院远东研究所与澳门大学荣誉博士学位、约旦作家协会名誉会员等荣衔。作品翻译为二十多种语言在各国发行。

2015 年 9 月，《这边风景》获第九届茅盾文学奖，2017 年 12 月，王蒙《奇葩奇葩处处哀》获得第十七届百花文学奖中篇小说奖。2019 年 9 月，王蒙长篇小说《青春万岁》入选“新中国 70 年 70 部长篇小说典藏”。

2019 年 9 月 17 日，国家主席习近平签署主席令，授予王蒙“人民艺术家”国家荣誉称号。

母亲

——秦怡

很多角色是演给时间的
那美那笑那光艳，以至泪水苦涩的难耐
也是表演的真实所在
只有一个角色是属于你自己的
——母亲

你有甜蜜的爱情，也有婚姻的烟火
那些一闪即过的幸福，脱下服饰时便没有了
而命运交给你的一个唯一的儿子
却让你演饰的刻骨铭心
儿子，痴呆，智障，可是你的宝贝

我看着你走下银幕的光鲜，卸下美的华容
一转身，变成知爱知冷的母亲
一声声呼唤，喊给寂寞的世界
泪水后面的笑，洒向阳光的小屋
二人世界变得诱人的温馨和幸福

假若时空真的可以穿越，我愿意做一次
站在黄浦江畔等你的身影
我所能做到的只有凝视，看着一个女人
爱和美，真和虚，支撑的生命

与上海的华贵相映成辉

诗歌背景墙

秦怡，1922 年 1 月出生于上海市，祖籍江苏省高邮市，中国内地女演员，上海中华职业学校肄业。

1939 年，参演个人首部电影《好丈夫》。1943 年，由其出演的悬疑电影《日本间谍》上映。1948 年，主演爱情电影《遥远的爱》。1956 年，在剧情电影《马兰花开》中饰演马兰。1957 年，由其主演的体育电影《女篮 5 号》上映。1963 年，主演剧情电影《北国江南》。1979 年，由其主演的剧情电影《苦恼人的笑》上映。1982 年，凭借文艺剧《上海屋檐下》获得第一届大众电视金鹰奖优秀女演员奖。1987 年，主演剧情电影《闺阁情怨》。1995 年，秦怡获得中国电影世纪奖最佳女演员奖。2002 年，出演情景喜剧《活个精神头儿》。2006 年，出演战争电影《东江特遣队》。2009 年，秦怡获得第 27 届中国电影金鸡奖终身成就奖。2015 年，由秦怡出品、编剧并主演的剧情电影《青海湖畔》首映，她凭借该片入围第 7 届澳门国际电影节最佳编剧奖。2018 年 9 月 3 日，由其参演的剧情电影《那些女人》上映。

2019 年 9 月 17 日，国家主席习近平签署主席令，授予秦怡“人民艺术家”国家荣誉称号，2019 年 9 月 25 日，获“最美奋斗者”个人称号。

歌者，在阳光下舞蹈而飞翔
——郭兰英

该怎样评价你的歌声，正如命名一朵云
那是化云，成雨，成露，成风
谁能想象一种声音，从心瓣上抽出
它的力量撼动阳光和浪花
一条大河从嗓子里喷涌而出
竟灌溉了三千里江山，万千风月

跟着你的歌声行走，是一种甜美的享受
你在歌声中苦难，你在歌声中欢愉
南泥湾的山丹丹，山西的好山好水
开在我们的梦里，在我们的心上流转

有谁称过一首歌的重量
又有谁分解过歌声氧化后的力量
哦，这一切也许都来自一颗心的熔炼
天地造化了一只鸟的美声
唱响了沉默的山脉，温暖了大地的家园

诗歌背景墙

郭兰英，1930年12月生于山西平遥，中国女高音歌唱家，晋剧表演艺术家，歌剧表演艺术家，民族声乐教育家。中国文联第四届全国委员，中国音乐家协会第二、三届理事。中国文学艺术界联合会第十届荣誉委员。

1982年到中国音乐学院任教，1986年在广东番禺郭兰英艺术学校任校长。1989年荣获中国首届“金唱片奖”；2005年荣获首届中国电影音乐特别贡献奖等。代表作品有《我的祖国》《南泥湾》《白毛女》等。

2019年9月17日，国家主席习近平签署主席令，授予郭兰英“人民艺术家”国家荣誉称号，2019年9月25日，获“最美奋斗者”个人称号。

数字的孤独与移位

——吴文俊

也许，一个人一生只会加法和减法
有时数字是孤独的，孤独的无希无望
有时数字是宏大的，只要它移动身子
这个神谕般的秘密
只掌握在一小部分人的手里
比如陈景润，比如吴文俊
他们都活在哥德巴赫的王国里

行走在“吴公式”的丛林
字词间怎么也激不起情感的冲动
只知远古的数学与今天的计算机相连
撼动着宇宙间庞大的命题
自信，他是我们必修的定数
他的行为不是惊天动地
却是我们一生的信仰

诗歌背景墙

吴文俊（1919 年 5 月 12 日—2017 年 5 月 7 日），出生于上海，祖籍浙江嘉兴，数学家，中国科学院院士，中国科学院数学与系统科学研究院研究员，系统科学研究所名誉所长。吴文俊毕业于交通大学数学系，1949 年，获法国斯特拉斯堡大学博士学位；1957 年，当选为中国科学院学部委员（院士）；1991 年，当选第三世界科学院院士；陈嘉庚科学奖获得者，2001 年 2 月，获 2000 年度国家最高科学技术奖。

吴文俊的研究工作涉及数学的诸多领域，其主要成就表现在拓扑学和数学机械化两个领域。他为拓扑学做了奠基性的工作；他的示性类和示嵌类研究被国际数学界称为“吴公式”“吴示性类”“吴示嵌类”，至今仍被国际同行广泛引用。

2019 年 9 月 17 日，国家主席习近平签署主席令，授予吴文俊“人民科学家”国家荣誉称号。

航天，因你而现实

——叶培建

卫星，是从地面升上太空的一颗星星
从此，嫦娥奔月再不是神话
是在我们手上生长的真实

让我升空吧，去银河边上垂钓
和嫦娥一起追忆七夕的往事
假若桂树花开，我会带走香魂

和叶老对坐的时刻，是陶醉的时刻
还和李白那样举杯邀明月吗？
那星，那月，已是人间的近邻

我们在地球的任一个地方早炊
也能在任何一个星球上晚宴
肉体在虚空里追逐梦想
大家都是这个世界的自由人

诗歌背景墙

叶培建，1945 年 1 月出生于江苏泰兴，1967 年毕业于浙江大学无线电系，1980 年赴瑞士留学，1985 年获瑞士科学博士学位。中国绕月探测工程、“嫦娥一号”卫星系统总指挥兼总设计师，总装国防 973 和探索项目顾问专家组成员，博士生导师，中国空间飞行器总体设计部信息处理专家，中国航天器研制的学科带头人之一，中国科学院院士，中国空间技术研究院研究员。

2019 年 9 月 17 日，国家主席习近平签署主席令，授予叶培建“人民科学家”国家荣誉称号。

天眼，你留给大地的
——南仁东

嵌在贵州大山腹地的一面镜子
人说，它是“天眼”
圆得惊天动地
白得触目惊心
它的上面悬挂着星河，镶嵌着日月
几乎包含了宇宙所有的秘密

诚然，它是一个神话
它是一个奇迹
它出自一个古稀老人之手
你的魂魄留在上面，就走了
你的理想在上面一闪，就走了
留给我们的是你的全部哲学
生生不息

你说，要能听到天穹的蝉鸣，多好
你说，苍穹的生命也有律动和呼吸
用“射电”把苍穹拉近
哪怕鸿毛云影也难逃这样的眼睛
眼睛——“天眼”，真的有了
是你停止心跳的那个早晨

这天，喀斯特洼地上空有一只翱翔的鹰
盘桓不去，风说，你回来了
我信，让我代替你吧
然后，向“天眼”致一个军礼
我们因你而光荣

诗歌背景墙

南仁东（1945 年 2 月 19 日—2017 年 9 月 15 日），男，满族，吉林辽源人。中国天文学家、中国科学院国家天文台研究员，曾任 FAST 工程首席科学家兼总工程师，主要研究领域为射电天体物理和射电天文技术与方法，负责国家重大科技基础设施 500 米口径球面射电望远镜（FAST）的科学技术工作。

南仁东 1963 年就读于清华大学，于中国科学院研究生院获硕士、博士学位。后在日本国立天文台任客座教授，1982 年，他进入中国科学院北京天文台工作。1994 年起，一直负责 FAST 的选址、预研究、立项、可行性研究及初步设计。

2016 年 9 月 25 日，其主持的 FAST 落成启用。

2017 年 9 月 15 日晚，南仁东因肺癌逝世，享年 72 岁。2018 年 12 月 18 日，党中央、国务院授予南仁东同志“改革先锋”称号，颁授改革先锋奖章，并获评“中国天眼”的主要发起者和奠基人。2019 年 9 月 17 日，国家主席习近平签署主席令，授予南仁东“人民科学家”国家荣誉称号。2019 年 9 月 25 日，被评选为“最美奋斗者”。

讲台的脊梁

——于漪

那年我回故乡
总想触摸一下那上面的背影
讲台不高，孔子说不足三尺
它却高过巨人的肩膀
周围盛开的花朵，飞翔的鹰燕
仍不期飞回，爱的触角伸向它
伴着泪水，举着阳光

人群里有我，我是你的学生
幼稚的小脸被你雕塑成沧桑
只记得，你从夜光里采纳晶莹的晨露
又从汉语的旋涡里拾回最营养的部分
安放在朝阳的台阶
驱散心上的小小烟云
目送一只只雏鹰，去远方

你对我们说了那么多“逝者如斯夫……”
我只记得一句，“爱比天大，情比水长”
我从志气的基地上站起来，击水，冲浪

你在岸上望着，从青春到耄耋
眼神从未移开，身体也依然伟岸

我来了，千里寻根施礼
你还站在原地，情滔滔，意满满
我愿意捡起你脚下的一滴汗水
浇灌我的老根和夕阳
你的汗水里有骨骼和铁的钙质
是我未尽的不老诗行

诗歌背景墙

于漪，女，江苏镇江人。1929年2月7日生，毕业于镇江中学，1951年7月毕业于复旦大学教育系，上海市杨浦高级中学名誉校长。长期从事中学语文教学，形成独特的教学风格。1978年被评为语文特级教师。1989年被评为全国先进工作者，2019年9月17日，国家主席习近平签署主席令，授予于漪“人民教育家”国家荣誉称号。

艾热提，山泣海吟的名字
——艾热提·马木提

我不去看你牺牲的现场
那现场太残酷、太刺激
我会伤悲，我会流泪不止
让我去看一座山吧
皮山，生你养你的山
又高了一节
山鹰说，那是一个人的头颅

我知道，你不认识我
我可认识你，你在险恶的风口站着
邪恶、罪犯，身怀不轨的人绕道而去
有你的地方，一地灿烂
有鸽子从我头顶飞过
说：艾热提走了，他是维吾尔守猎的鹰
爪子上有捉妖的利剑

我去看你毡房里的三个女儿
三个女儿，三朵雪莲般美丽
尽量把笑容给她们，我不说别的什么
致一个军人独有的敬礼
然后，吻一下她们的脸颊
和你出勤告别时一样

我愿做一个远方的爷爷或父亲

诗歌背景墙

艾热提·马木提（1969年10月—2016年9月），男，维吾尔族，中共党员，新疆皮山人，皮山县公安局原副局长。

2016年9月在搜捕公安部A级通缉令通缉的在逃人员时遇自杀式爆炸袭击，艾热提·马木提身负重伤，经全力抢救无效，壮烈牺牲。牺牲后，艾热提·马木提被追授“全国公安系统一级英雄模范”称号。

2019年9月25日，被授予“最美奋斗者”荣誉称号。

英雄逝去，只在一瞬间
——申亮亮

朋友，你有过失去亲人的悲痛吗？
朋友，你有过骨肉分离的煎熬吗？
眼下啊，我正经受一场肝肠寸断的痛苦
这个人间，假如没有突如其来的死亡，
我们都若无其事地悠然
可是不能，谁让这世间有恶魔呢

马里的暗枪终于击中了中国
一滴血从海外飘来，一个英雄应运而生
申亮亮，头戴蓝盔的士兵
他在维和的土地上长眠
二十九响鸣枪的礼仪，是多么庄严
可我们流了一条河的泪水
也祈祷世界的安宁

诗歌背景墙

申亮亮（1987 年 8 月 4 日—2016 年 6 月 1 日），男，河南省焦作市温县温泉街道办事处西南王村人，中国共产党党员。中国人民解放军上士军衔，生前系中国驻马里共和国维和工兵分队战士。

2016 年 6 月 1 日，申亮亮为阻止汽车炸弹冲入营区而壮烈牺牲，年仅 29 岁。

2019 年 9 月 17 日，国家主席习近平签署主席令，授予申亮亮“人民英雄”国家荣誉称号。9 月 25 日，被评选为“最美奋斗者”。

热度依然
——麦贤得

光芒，因品质而照亮
品质是永恒热量的一极
你的人在，几十年光芒不减

你注定是一个能量的仓库
有火有光，有铁有钙
无形的精神随时输送给我们
乔木便向阳生长

“八六”海战的英烈传上
你朝我们招手，微笑
一身海魂衫衬出的英武
让海鸥逐浪飞翔

新时代的你，站在岸上
伴随战舰万里远航
你依然在我们激情的队伍里
诗常新，梦在远方……

诗歌背景墙

麦贤得，广东潮汕人，中国人民解放军海军战斗英雄，海军基地某部副司令员、大校。1945 年，出生于广东省潮州市饶平县汫洲镇一个船民家庭。1964 年 3 月，参加中国人民解放军。1965 年 8 月，加入中国共产党。入伍后到广东虎门沙角海军联合学校学习。毕业后，被分配到海军护卫艇第 41 大队 4 中队 611 号护卫艇上，当了一名机电兵。2019 年 9 月 17 日，国家主席习近平签署主席令，授予麦贤得“人民英雄”国家荣誉称号。

有一根羽毛叫望乡

——王文教

我不知道羽毛球上有多少根羽毛
我断定，有一根叫：望乡
那是你回家的翅膀

你有过泪水洗面的子夜
你也有过渡海跨洋的梦想
站在村口的妈妈的背影
曾呼唤南国的风，印度尼西亚的海浪

有的扛回一座山
有的扯回一条江
而你带回一根洁白的羽毛
妈妈也会欣喜若狂

不是吗？球场上一次次腾跃
赛场上一次次争狂
用汗水捧回的金灿灿奖杯
与泰山黄河同样重量

那是一个午后，我与你对坐
我们都在一杯茶里醉过
你起身把羽毛球打上蓝天

于是，心里注满太阳的光芒

诗歌背景墙

王文教，男，汉族，中共党员，1933 年 11 月生，福建南安人，羽毛球运动员、教练员。运动健将。原国家羽毛球队总教练，第五、六届全国政协委员。

1954 年，他为振兴新中国羽毛球事业，从印度尼西亚回到祖国，曾多次获得全国羽毛球赛男子单打、双打冠军。退役后先后执教福建羽毛球队、国家羽毛球队，在他任总教练期间，中国羽毛球队获得了 1982、1986、1988、1990 年汤姆斯杯团体赛冠军，涌现出 56 个世界单项冠军。荣获国际羽联“终身成就奖”。2019 年 9 月 17 日，国家主席习近平签署主席令，授予王文教“人民楷模”国家荣誉称号。2019 年 9 月，被授予“最美奋斗者”称号。2020 年 1 月 8 日，被评为“2019 全球华侨华人年度人物”。

栽种春天
——王有德

其实，春天并不遥远
它就在毛乌素的沙漠里
春天也不是别的什么
春天就是你自己
把自己先栽进沙漠里
那一头毛发亦即变成澎湃无边的绿

那时，毛乌素拖着沙尘的沉重走来
枯燥、干裂、苍凉，死气逼人
生活在这里的人们有一副镀沙的面孔
只有牙齿是白的，白得吓人
上帝说，这里缺水
唯一听见的是他
一个灵武干瘦的汉子

他把自己栽进了毛乌素
这个故事自编自导演绎了二十年

我们回首时，毛乌素已是另一个模样
那散沙打捆，分割，一块块葱郁
他的四肢躺成“国”字形的绿色屏障
他的毛发生成一株株樟子松

他的血汗流成一条条小溪
随之，乡亲们的腰包也满了
毛乌素啊，沙子改写了命运

一个人和一片沙地的对峙
一首诗望尘莫及

诗歌背景墙

王有德，男，回族，1953年9月出生，宁夏灵武人。1973年参加工作，1981年加入中国共产党，现任宁夏灵武白芨滩国家级自然保护区管理局党委书记、局长兼灵武市白芨滩防沙林场党委书记、场长。2005年5月，被国务院授予全国先进工作者荣誉称号，2006年7月，被评为全国优秀共产党员，受到中共中央的表彰奖励。

2018年12月18日，党中央、国务院授予王有德同志“改革先锋”称号，颁授改革先锋奖章，并获评“科学治沙的探路人”。

2019年9月17日，国家主席习近平签署主席令，授予王有德“人民楷模”国家荣誉称号。9月25日，被授予“最美奋斗者”称号。

雪，燃烧的雪

——王启民

下雪了，第一片雪花的启示
让我想念一个人
他在北方，北大荒的苍茫里
厚重的棉衣藏不住的火
他和雪一起燃烧

把风踩成雾，把雪踩成水
把山林分开，奔向你
我必须把你放进阳光里仰视
你的梦已撼动油田的地心
冬天脱落张牙舞爪的铠甲
瞪目一滴油的诞生

我俩对坐，油井围过来
野风不时探过身来打扰
你不回答我的嘘寒问暖
你俯身抓起一把雪
于是，我听到了火的嘶鸣
燃烧的声音

还用问吗？风雪中的拼搏鏖战
还用答吗？舍家弃子的那个夜晚

还用问吗？北大荒延展的历史
还用答吗？油田第二个青春的圆满
这雪，在他们手里变成了流淌的金子啊
一滴滴提取地下，欢笑着回到地面

燃烧的人啊，燃烧的雪
大庆，是用血与汗雕塑的北方高山

诗歌背景墙

王启民，男，汉族，中共党员，1937 年 9 月出生，浙江湖州人，“双百”人物中的共产党员，被中国石油天然气总公司党组授予“新时期铁人”荣誉称号。

曾任大庆石油管理局勘探开发研究院院长，管理局局长助理，大庆油田有限责任公司总经理助理、副总地质师。中共第 15 届中央候补委员。

2018 年 12 月 18 日，党中央、国务院授予王启民同志“改革先锋”称号，颁授改革先锋奖章，并获评“科技兴油保稳产的大庆‘新铁人’”。

2019 年 9 月 17 日，国家主席习近平签署主席令，授予王启民“人民楷模”国家荣誉称号。

孤岛祭

——王继才

我的诗祭奠一个人和另一个人
一半给男人，一半给女人
男人是一棵松——头顶风雪的松
女人是一朵花——一朵少见的女人花
俩人的全部爱情是一个小的
只能盛下一片云的孤岛
那是黄河前哨的一只眼睛

我要说时间，日升日落，在内地
也许是歌是曲，是花是果
在孤岛，却是惊恐的白和无助的黑
两个人，心对心的厮守
一个队伍，铁打的营盘
三十二年，一万一千六百八十个忠诚
在石头与浪花的围剿上刻着

把诗歌，把颂词写给他
就是把哲学写给朴实的人
假如我们都认真用心对待脚下的土地
孤独就是别样的幸福

诗歌背景墙

王继才（1960 年 4 月—2018 年 7 月 27 日），男，出生于江苏省连云港市灌云县。2003 年 10 月，加入中国共产党，曾任江苏省灌云县开山岛民兵哨所原所长、原开山岛村党支部书记。

自 1986 年起，王继才和妻子王仕花二人克服常人难以想象的困难，守卫孤岛整整 32 个年头（截至 2018 年）。他在困难面前不低头，在邪恶势力面前更表现出了一位守岛卫士的凛然正气。1993 年，开山岛民兵哨所被国防部嘉奖为“以劳养武”先进单位，并获江苏省军区一类民兵哨所的美誉。2014 年，王继才夫妇被评为全国“时代楷模”。2018 年 7 月 27 日，王继才在执勤时突发疾病，经抢救无效去世，年仅 58 岁。

2018 年 8 月，中共中央总书记、国家主席、中央军委主席习近平对王继才同志先进事迹作出重要指示强调：要大力倡导爱国奉献精神，使之成为新时代奋斗者的价值追求。

2018 年 12 月 7 日，被江苏省公示为“改革开放 40 年先进个人”。2018 年 12 月，入选感动中国 2018 年度人物候选人。2019 年 2 月 18 日，获得“感动中国”2018 年度人物荣誉。2019 年 9 月 17 日，国家主席习近平签署主席令，授予王继才“人民楷模”国家荣誉称号。

守土如命的阿妈
——布茹玛汗·毛勒朵

什么是神圣？就问脚下的这片土地
就问布茹玛汗的这双眼睛
白云下每一寸土地都有祖先的印记
不容有丝毫的撼动

我知道，阿妈身处冬古拉玛山口
是与别国交界的汇合点
“巡边”是她自己给自己下的命令
就像孩子护卫母亲的安宁

有谁能量过眼前这块界碑的厚重
又有谁体会其中的心思
它是月亮，它是太阳，它是祖国的真身
十万块石头堆叠的高墙，胜过十万雄兵

我来了，站在十月的风里喊话
白云和秋风一样的洁净
我祝阿妈和祖国一样的年轻
只见一条纱巾在边境上飘扬，如霞，如虹

诗歌背景墙

布茹玛汗·毛勒朵，女，柯尔克孜族，中共党员，1942 年 6 月生，新疆乌恰人，新疆维吾尔自治区乌恰县吉根乡护边员。获得“全国爱国拥军模范”“全国三八红旗手”“全国民族团结进步模范个人”等称号。

2019 年 9 月 17 日，国家主席习近平签署主席令，授予布茹玛汗·毛勒朵“人民楷模”国家荣誉称号。

轮椅上的极限人生
——朱彦夫

我含着泪水和你说话
我跪着靠近你，吐出的每一个字
都是湿的，石头般真诚

你的四肢交给了昨天的战争
左眼也挂在上甘岭的树干上
佛说，只要心还活着
便是不朽的人生

面对你，我愧对一身的健全
如果可以，我愿意做你的一只手
佛说，不用了
没有，就是有，只要心灵

那我就为你推轮椅吧
或者做一只导盲鸟
一盏无形的灯

诗歌背景墙

朱彦夫，男，汉族，1933 年 7 月出生在山东省淄博市沂源县张家泉村，中共党员，曾任沂源县西里镇张家泉村原党支部书记。他参加过上百次战斗，三次立功，十次负伤，动过 47 次手术的特等伤残军人；退伍后，拖着残躯带领乡亲建设家园，并将自己的经历体会写成小说，用坚强意志和为民情怀书写着自己的“极限人生”，被誉为“中国的保尔·柯察金”。

曾荣获“时代楷模”、全国模范伤残军人、“全国优秀共产党员”等荣誉称号。2015 年 10 月 12 日，荣获 2015 中国消除贫困感动奖。2015 年 10 月 13 日，荣获第五届全国道德模范敬业奉献类奖项。

2019 年 9 月 17 日，国家主席习近平签署主席令，授予朱彦夫“人民楷模”国家荣誉称号。

太行山的“新愚公”
——李保国

我是一只鹰，驾长风来到你的太行
风说，你走了，在七沟八岔的树结果的时候
你走时，手里还抓着一枝核桃树的枝条
最后的呼吸留在坡地的果园

早先，你的家很穷，这也是一种遗产
大山虽然雄伟却交不出温饱
那是一个饥饿的早晨，你进山了
和你一同出发的是一把老镢头

你对着太阳呼喊：给我光
你对着大山呼喊：给我粮
你对自己呼喊：给我力
你对日子呼喊：给我春天

请相信精神的力量，相信人的意志
山是可以移动的，我是说为山打造一件新衣裳
为山丘挂一串红
为坡地披一身绿

李老和大山共生共苦三十年
三十年雨冷，三十年雪寒

我站在花开的庭院喊你的名字
只有青枝的摇曳，果子的沉甸

我在一棵核桃树下沉默，祈福，致敬
致敬，向着一颗太行山上升起的灵魂

诗歌背景墙

李保国（1958年2月—2016年4月10日），男，汉族，中共党员，河北省武邑县人，中国知名经济林专家，山区治理专家。

1981年2月毕业于河北林业专科学校，2005年1月获得中南林学院森林培育学博士学位。全国先进工作者、全国优秀科技特派员、“时代楷模”、“燕赵楷模”、河北省管优秀专家，河北省科学技术突出贡献奖获得者，河北农业大学二级教授、博士生导师。

李保国先后出版专著5部，发表学术论文100余篇，完成山区开发研究成果28项，推广了36项林业技术，示范推广总面积1080万亩，累计应用面积1826万亩，累计增加农业产值35亿元，纯增收28.5亿元，建立了太行山板栗集约栽培、优质无公害苹果栽培、绿色核桃栽培等技术体系，培育出多个全国知名品牌，走出了一条社会经济生态效益同步提升的扶贫新路，被村民誉为“太行山上的新愚公”。

2018年12月18日，党中央、国务院授予李保国同志“改革先锋”称号，颁授改革先锋奖章，并获评开创山区扶贫新路的“太行山愚公”。2019年9月17日，国家主席习近平签署主席令，授予李保国“人民楷模”国家荣誉称号。

母爱之光
——都贵玛

她注定是乌兰察布草原上的传奇
她飞翔的姿势低进花朵，低进露水
彩色的翅膀护卫幼小的生命
可她还是未婚的青涩的少女呵
二十八个失孤幼小的孩子
瞬间，有了母爱的大海

都贵玛，都贵玛

此时，一切颂词美誉都是多余的
蒙娜丽沙的美是多余的
乌兰图娅的歌声是多余的
斯琴塔日的舞蹈是多余的
凡·高画布上的女人是多余的
高尔基笔下的母亲是多余的

都贵玛，都贵玛

你是手执神祇的女人
你的良善涵盖了人类的全部意志

诗歌背景墙

都贵玛，女，蒙古族，中共党员，1942 年 4 月生，内蒙古四子王旗人，内蒙古自治区乌兰察布市四子王旗脑木更苏木牧民。20 世纪 60 年代初，年仅 19 岁的都贵玛，主动承担 28 名上海孤儿的养育任务，用半个世纪的真情付出诠释了大爱无疆，为中国民族团结进步事业作出重大贡献。20 世纪 70 年代，都贵玛自学蒙医蒙药和妇产科知识，先后挽救了 40 多位年轻母亲的生命。先后荣获“全国三八红旗手”“全国民族团结进步模范个人”等称号。

2019 年 9 月 17 日，国家主席习近平签署主席令，授予都贵玛“人民楷模”国家荣誉称号。

独龙江的拓荒者
——高德荣

看一个人从眼睛开始
你的眼睛是一个世界的裂变
从贫穷到富裕
只是从左眼到右眼的距离

独龙江的浪涛总是在暗夜折腾
它拍打谁的胸膛
江畔的茅屋也总是清冷拮据
它撕扯谁的衣裳
你——独龙族的儿子
扯一片黎明盖上沙丘
又抓一把春天向竹楼

你把走远的云朵喊回家
又把高飞的鸟儿唤回树林
比道路还长的是一双腿
你丈量过黑夜，你跨越过山顶
把桥引来，把果树引来
装饰着独龙江的春景

你说过，贫穷不是命运
好日子在流汗的尽头

有太阳的指引，晴朗光明无限的大
大过独龙江历史的沧桑

诗歌背景墙

高德荣，男，1954年出生，云南贡山人，独龙族，中共党员。曾任贡山县人民政府副县长、县人大常委会主任、县人民政府县长、怒江州人大常委会副主任等职务。2010年1月起，担任州委独龙江帮扶工作领导小组副组长，2014年5月退休后留任州委独龙江率先脱贫工作领导小组副组长职务。

2015年10月13日，荣获全国敬业奉献模范称号。2016年10月16日，获得2016年全国脱贫攻坚奖。2017年，高德荣当选党的十九大代表。2019年9月17日，国家主席习近平签署主席令，授予高德荣“人民楷模”国家荣誉称号。

跟着你的脚步，走向彼岸

——钟南山

是我们无助的那个春天
樱花被无名物击伤
青柯乔木都萎缩着身子
河流，山脉，都惊诧无语

你站出来，以温暖坚毅的面孔
同时，我们记住了你——钟南山
从那个有关生命的节点开始
我们情同手足，你活在了我们的话语里

庚子之春，决意被白色笼罩
无边无际的“英雄白”从武汉蔓延
老人和孩子抱住生命之舟
驶向生命的彼岸

依然是一副温暖坚毅的面孔
逆袭而行，穿越死神的丛林和藩篱
把手伸过来，超越一切事物
是一种神灵抵达的爱意

白色笼罩的街头巷尾
连战栗的樱花都在谈论你的名字

就在瞬间，阳光洒满春天的道路
生命的岸上，花朵集会向你致敬

诗歌背景墙

钟南山，男，汉族，中共党员。1936年10月出生于江苏南京，福建厦门人，呼吸内科学家，广州医科大学附属第一医院国家呼吸系统疾病临床医学研究中心主任，中国工程院院士，中国医学科学院学部委员，中国抗击非典型肺炎的领军人物，曾任广州医学院院长、党委书记，广州市呼吸疾病研究所所长、广州呼吸疾病国家重点实验室主任、中华医学会会长。国家卫健委高级别专家组组长、国家健康科普专家。

钟南山出身于医学世家；1958年8月，在第一届全运会的比赛测验中，钟南山以54秒2的成绩，打破了当时54秒6的400米栏全国纪录。1960年毕业于北京医学院（今北京大学医学部）；2007年获英国爱丁堡大学荣誉博士；2007年10月任呼吸疾病国家重点实验室主任；2014年获香港中文大学荣誉理学博士；2019年被聘为中国医学科学院学部委员；2020年8月11日，国家主席习近平签署主席令，授予钟南山“共和国勋章”。

紫荆花的守护神
——董建华

紫荆花圆满的时候，是七月
七月，有一个历史的狂欢寄放在花的海洋上
紫荆花，这个守港如春的花朵
被做成火炬，举在七月的头顶上

我们都在泪花里欢笑
也在泪花里饮泣
我去香江看望那一江波光瑰丽的大水
紫荆花伸过河岸与我亲昵

五个花瓣的建筑，支撑半壁河山
火炬下站着一位老人，他的表情是香港的全部历史
他饱受殖民地的风摧雨打
令他对家园有了钢铁般的坚韧

香江的浪花流过心上的旷野
如星的鸥翅在华彩上追逐白云
他在紫荆花丛里守候的春天
总会不差一分地如期到来

诗歌背景墙

董建华，男，汉族，1937 年 5 月生，浙江舟山人，英国利物浦大学毕业，大学学历。

现任十三届全国政协副主席。1997 年香港回归后，任香港第一任特首。

2019 年 9 月 17 日，国家主席习近平签署主席令，授予董建华“‘一国两制’杰出贡献者”国家荣誉称号。

传递爱的人，精神永恒
——郭明义

秋光里，我展读康德的诗句
“世界上有两件东西震撼心灵
一件是我们心中崇高的道德法则
一件是我们头顶上灿烂的星空。”

郭明义，我的战友
这不就是你吗？
走近你
我泪水滂沱
有了多年少有的感动
那年，你走出绿色方阵
并没走出爱的疆域
你把雷锋的日记带回家
作为对军旅的回忆
金戈铁马锻炼的一身骨骼
为人民服务熔铸的坚定信念
你大步走向鞍山的乡野

以一名老兵的名义
敞开爱的怀抱，挺举爱的火光
是什么主宰人类？
——真、善、美的精神内质

是什么召唤千万人的脚步?
——未来的美好向往
有困难的人群就有伸出的手臂
有危险的坍塌就有挺举的脊梁
人间苦难就那么多
我多承担别人就会减少
我多流一些汗
别人就少一些辛酸

你，甘愿做一粒矿石
踏踏实实
铺地补天
活在别人的生命中
做一颗火种
传递着温暖
六十多个年轮
日日光彩照人
一切都在自觉中
一切都在默默中
几十年无偿献血，几十年慷慨捐款
一张张汇款单，一次次献血的证书
你说，这是一生的财富
看着它心里温暖……

岂不知是这点点滴滴的爱心
砌起的华夏道德长城
它高耸于人性光芒之上
在精神世界中璀璨永恒

在你面前

我不知道该怎样表达
才能倾尽我的敬意
我说呵
一万言不如一次伸手给他人
不如施爱给需要帮护的人
如今的世界不缺少物质
缺少的是善举、慈悲和爱心

在你面前
我们怎么不扪心自问?
读你时，正是秋天
果实累累，秋色峥嵘
精神感召的队伍来自北国
爱的大军奔赴新的征程
让我
让你
让他
让我们所有的社会公民
加入这支向善的队伍吧
为着华夏古国
为着春天的繁荣

诗歌背景墙

郭明义，男，汉族，中共党员，1958 年 12 月出生，辽宁鞍山人。1977 年参军，1982 年复员到齐大山铁矿工作，任鞍山钢铁集团矿山公司齐大山铁矿生产技术室采场公路管理员。先后任矿用大型生产汽车驾驶员、车间团支部书记、党委宣传部干事、车间统计员兼人事员、英文翻译等。郭明义曾先后获部队雷锋标兵、鞍钢劳动模范、鞍山市特等劳动模范、全国无偿献血贡献奖金奖、全国优秀共产党员、全国“五一劳动奖章”等荣誉称号。2012 年 3 月 2 日，中央精神文明建设指导委员会授予郭明义同志“当代雷锋”荣誉称号。

2018 年 12 月 18 日，党中央、国务院授予郭明义同志“改革先锋”称号。

土地的忠诚者

——热地

西藏是一片天堂的沃土
那时，属于官家、宗教主，属于贵族
一个翻身，就是另一番天地
你从那曲出发，抵达自由和飞翔
一团火焰，烧灼雅鲁藏布江的冰封雪浸

你最懂黑暗的凶残，光明的珍贵
你最懂庄稼的香甜，土地的味道
跟着太阳行走，喜马拉雅脱尽寒衣
田野的青稞也会露出笑脸
在身后，农奴兄弟姐妹奔出了房屋的黑暗潮湿
身前，一群鸽子飞向白云集会的瓦蓝

我知道，你走向幸福而献出的哈达
上面凝聚了民族的血液
华夏是由五十六个民族结成的圣土
只有手拉手，终将花好月圆

诗歌背景墙

热地，男，藏族，1938年8月生，西藏比如人，1961年10月加入中国共产党，1959年7月参加工作，中央党校大专学历。曾任全国人大常委会副委员长，中共中央委员。

2019年9月17日，国家主席习近平签署主席令，授予热地“民族团结杰出贡献者”国家荣誉称号。

与飞天女神同在

——樊锦诗

悬崖陡壁上埋藏的历史能不能回来
——莫高窟
沙岩上彩绘的神女，骆驼和祥云能不能复活
——莫高窟

几百个，一千个神话囚禁在霉味的幽暗里
它的光，神灵的光，穿透地心
照射在一个女人的心上

她认定，这凿石为窟的洞穴就是家
她的爱情是一首彩墨浸泡的诗歌
从窟里的烟云里起飞

有多少次飞翔，就有多少次仰望
跪着，描下丝绸之路的驼群西去
还有飞天女神的长袖，飘逸的朵朵祥云

莫高窟，是一个沉睡千秋的艺术殿堂的谜底
哪怕穷其一生地求索，苦修与殉道
一生的执念，一生的跋涉

那是一个神鬼出没的夜晚

那是只有一个女人，没有温情的夜晚
她用青春做杯，与莫高窟相依为命

诗歌背景墙

樊锦诗，作为我们国家文物保护杰出贡献者，她一生的贡献其实就是保护了我们的敦煌莫高窟，并且一直潜心研究我们石窟考古等方面的工作，完成了对于敦煌莫高窟的一些分期断代。她一直致力于带领自己的团队为世界文化遗产传承保护以及修复。而且她是全国第一个开展文物保护专项法规以及保护规划建设，并且形成了一系列的全面的保护理论的科学方法的人，为世界文化遗产敦煌莫高窟以及其他的遗址保护传承，作出了重大的贡献，被誉为“敦煌的女儿”。

2018 年 12 月 18 日，党中央、国务院授予樊锦诗同志“改革先锋”称号。2019 年 9 月 17 日，国家主席习近平签署主席令，授予樊锦诗“文物保护杰出贡献者”国家荣誉称号。

乌斯浑河上的传说

——八女投江

我问乌斯浑河的浪花
我问乌斯浑河的碧波
可记得八十多年前
那八杆辉耀中华的女性钢枪
那八朵压倒群芳的绚丽花朵
那八支烧沸江水的通天火把
那八个音符谱写的撼天动地的壮歌

乌斯浑河
乌斯浑河
你静静地呼吸
你无声地流过……

我问乌斯浑河的白桦
我问乌斯浑河的飞鹅
你可记得那年十月的某一天
它充满血腥与悲壮
它布满杀机与险恶
火焰与火焰对峙
刺刀与刺刀拼搏
八位温柔且刚烈的女性
毅然向激流走去

走向生命的底色
虽然这一天已淹没在时间的河流
它却在我们的记忆里泪流滂沱

乌斯浑河
乌斯浑河
你不舍地奔流
你哼着悠闲的歌……

我问乌斯浑河的星辰
我问乌斯浑河的渔火
你可记得天边那八朵云霞
你可记得岸上那美丽的传说
每当十月大地扬红的季节
她们从河心袅袅升起彩云朵朵

她们借高粱的火红抚慰乡亲
她们借飒飒秋风送爽送歌
她们在白桦林里架帐扎营
她们在千里江流上乘风巡逻

乌斯浑河
乌斯浑河
你可记得
你可记得……

诗歌背景墙

1938 年 10 月，以冷云为代表的东北抗日联军 8 名女战士，在顽强抗击日本侵略者的战斗中弹尽援绝，毅然投入滚滚江水，为国捐躯。她们是东北抗日联军第 2 路军第 5 军妇女团指导员冷云，班长胡秀芝、杨贵珍，战士郭桂琴、黄桂清、王惠民、李凤善和被服厂厂长安顺福。

冷云，1915 年生，黑龙江省桦川县人，1934 年加入中国共产党，在佳木斯从事秘密抗日活动。1936 年冷云参加东北抗联第 5 军。1938 年夏，与冷云同在第 5 军的丈夫英勇牺牲，她强忍巨大悲痛，告别刚刚出生两个月的婴儿，随第 5 军第 1 师部队西征，任妇女团政治指导员。西征中，妇女团的战士们和男战士一样跋山涉水，英勇作战。7 月 12 日参加攻打楼山镇战斗。10 月上旬，该部在牡丹江地区乌斯浑河渡口与日伪军千余人遭遇，已行至河边准备渡河的妇女团 8 名女战士，为掩护大部队突围，毅然放弃渡河，在冷云的率领下，分为 3 个战斗小组，主动吸引日伪军火力，与敌人展开激战。在背水作战至弹尽援绝、被敌人困死在河边的情况下，面对日伪军逼降，誓死不屈。她们毁掉枪支，挽臂投入滚滚的乌斯浑河，壮烈殉国，表现了中华民族同敌人血战到底的英雄气概。

诠释“彝海结盟”的典故
——小叶丹

“彝海结盟”是个红色典故
《辞海》和《现代汉语词典》里都没有它
它藏在彝海的深处
它藏在万里长征史诗的旋律里

一支突破金沙江的队伍
栉风沐雨来到彝族居住的村庄
他们衣服褴褛但纪律严明
夜宿在彝族群众的屋檐下
不伤百姓的一什一物
被感动的彝族首领小叶丹
望月难眠
于是 浸满鲜红鸡血的酒碗里
映出两个笑脸
一个是后来成为共和国元帅的刘伯承
一个是彝族首领“中国夷民红军沽鸡支队”的领头人小叶丹
佳话传遍彝海的千层浪波
佳话传遍凉山的万壑山峦
红军在此找到了一双眼睛
打绑腿穿草鞋的双脚迈过了多难的大山

红军的旗帜留给了彝族百姓

革命的火种播在了彝海的心田
风雨如磐的黑夜不再遥远
东方，一轮红日正渐渐破云而出
红霞满天

祖国解放之日
小叶丹九泉之下含笑把盏
红军沽鸡支队的旗帜来到首都
告慰全国人民
彝族和红军和党心心相连

我的脚步离开纸上的行走
飞越凉山的苍茫手拨彝海的波澜
两位主人的身影还在
山与山并立
臂与臂相挽
喜悦的泪花映亮双眸
发光的血酒香满湖畔
钢枪与芦笙同举
高山和湖水共欢
这是历史的瞬间镜头
奇绝美妙的诗篇

我们传递“彝海结盟”的佳话
我们信奉“彝海结盟”的经典
这是对心灵的抚慰
——永远，永远

诗歌背景墙

小叶丹，男，彝族，四川省冕宁县（今彝海乡）人。小叶丹因熟悉本民族典故和习俗，成为本家支和当地有声望、有影响的彝族首领。1935 年 5 月，红军渡过金沙江进入四川凉山彝族地区，受到不明真相的彝族群众和彝族部族武装的阻挡。由于红军严格执行党的民族纪律，绝不向受苦受难的彝族同胞开枪，彝族首领小叶丹深受感动。他在亲自见到红军北上先遣队司令员刘伯承后，对红军更是深怀敬意，提出要与刘伯承司令员按照彝族习俗歃血为盟，刘伯承欣然应允。

5 月 22 日，在山清水秀的彝海边，刘伯承与小叶丹举行了著名的彝海结盟仪式。红军予他“中国夷民红军沽鸡支队”的旗帜，他派向导为红军带路。红军在向导的带领下，顺利走出彝族地区，直达安顺场。为红军大部队顺利过境创造了条件。彝海结盟是红军长征途中的一段佳话。

这是彝族人民对中国革命作出重大贡献的具体体现。红军过后，彝族人民受到国民党反动政府的疯狂报复和迫害。

1942 年 6 月 18 日（农历 五 月 五 日），小叶丹遭到被国民党军队收买的部族武装的伏击身亡。1950 年春，小叶丹夫人等亲属把保存下来的“中国夷民红军沽鸡支队”队旗，献给人民政府。

他与中国

——方志敏

我久久寻觅
天安门城楼上伟人们的身影中
没有他
中南海的红墙内没有他
他却在广场纪念碑的文字里
历史名册里分明写着
“中共第六届中央委员、
中国工农红军第 10 军政治委员、
赣东北省、闽浙赣省苏维埃政府主席、
中共闽浙赣省委书记……”
他在狱中以一支笔的喋血告别了我们
饥饿与潦倒的窘迫中
我们没觉出家园的温暖
他的一本小书《可爱的中国》
却唤醒了我们几代人的尊严

镰刀斧头的图案里可以找到他
红旗的波纹里有他的身影
天安门欢声里他在呐喊
共和国奠基的基石里有他的一块
就是那本小书
不就是我们世代传承的财富吗

他说
我们从清贫中走来
洁白朴素的生活是取胜的法宝
洁白——思想
朴素——衣着
贫贱与富贵的生命底色
共产党人的通用墓志铭

这与我们诀别的遗言
编排进教科书的目录里
那站立的文字、闪光的文字
染色浸泪的文字、叮当作响的文字
温暖了暴风雪中的中国

诗歌背景墙

方志敏，男，汉族，江西省弋阳县人，中共党员。1922 年 8 月，加入中国社会主义青年团。1924 年 3 月，转入中国共产党。中共第六届中央委员。1928 年 1 月，参与领导弋横起义，创建赣东北苏区，领导组建中国工农红军第 10 军。先后任赣东北省、闽浙赣省苏维埃政府主席，红 10 军政治委员，中共闽浙赣省委书记。他把马克思主义普遍真理与赣东北实际相结合，创造了一整套建党、建军和建立红色政权的经验，毛泽东称之为“方志敏式”的根据地。1934 年 11 月初，任红 10 军团军政委员会主席，奉命率红军北上，在皖南遭国民党军重兵围追堵截，艰苦奋战两月余，终因寡不敌众，于 1935 年 1 月 29 日被俘。被俘时，国民党士兵搜遍他全身，除一块怀表和一支钢笔，没有一文钱。在狱中，面对敌人的严刑和诱降，他正气凛然，坚贞不屈。在极端艰苦的条件下，写下了《可爱的中国》《清贫》等著名文稿。其中“清贫，洁白朴素的生活，正是我们革命者能够战胜许多困难的地方！”“敌人只能砍下我们的头颅，决不能动摇我们的信仰！”等激动人心、感人肺腑的语言，给我们留下了宝贵的精神财富。1935 年 8 月 6 日，在江西南昌英勇就义。

他从韶山走来
——毛泽覃

你出生战斗的地方
我曾走过
那是寻访伟人的足迹
间隙听到，看到你的名字
知道你也从韶山走来
还有另一位兄长
号称革命“毛氏三兄弟”

毛泽东，他和他的名字一样
宏大和不朽
而你——毛泽覃
也是革命风云中的雄鹰
叱咤大地，行走风云

我曾在黄埔军校的名册上与你邂逅
在武汉黄鹤楼前与你攀谈
南昌起义大道上觅到你的身影
井冈山龙源口大捷的炮声中有你的呐喊
你注视着中央红军长征北上远去
毅然留下坚守南方游击生涯
瑞金红林山的苍茫一片黑暗

罪恶的敌手掐断了你的咽喉
那是四月
悲壮凄苦的风雨绵绵

一枝木棉花迎风凋谢
三十个青春 喋血在崇山峻岭
你走得太早太早
还没来得及看到祖国的黎明

你也从韶山走来
有着同样的体魄同样的才俊
你的胸怀一如大海
也是一粒烧开洞天的火种
可惜你走了，走得匆匆
我在纪念碑前默默悼念你的名字
心中掠过四月的微风

诗歌背景墙

毛泽覃，男，汉族，湖南省湘潭县人，中共党员。毛泽覃受长兄毛泽东的影响，1921 年，加入中国社会主义青年团。1923 年 10 月转入中国共产党。1925 年秋，赴广州，曾在黄埔军校政治部和广东区委工作。后到武汉国民革命军第 4 军政治部任书记。1927 年 8 月参加南昌起义。后随朱德、陈毅转战闽粤赣湘边。是年冬被派赴井冈山与毛泽东联络。1928 年，初任遂川县游击大队党代表。后奉命带队参加接应朱德、陈毅部队与井冈山部队会师。同年 5 月，任中国工农红军第 4 军 31 团 3 营代表，参加了龙源口等战斗。1930 年 1 月，任红 6 军（后改称为红 3 军）政治部主任，曾代理军政治委员。同年 10 月，任中共吉安县委书记、红军驻吉安办事处主任。1931 年 6 月，任中共永（丰）吉（安）泰（和）特委书记兼红军独立 5 师政治委员。1932 年，任中共苏区中央局秘书长。其间，同王明的“左”倾错误进行了坚决斗争。1934 年 10 月，中央红军主力长征后，留下坚持南方游击战争，任中共中央苏区分局委员、红军独立师师长、闽赣军区司令员。在极端艰苦的条件下，率部转战于崇山峻岭，不断寻找战机，打击敌人。1935 年 4 月 26 日，在江西瑞金红林山区被国民党军包围，为掩护游击队员脱险，英勇牺牲。

井冈山上行走的灵魂

——王尔琢

因为不舍蓝天的空阔
雄鹰才盘旋眷恋着白云
因为不舍大山的苍翠雄伟
骏马才不停地奔跑踏破大山的宁静
在那些茅草间，杉树间，杜鹃花
掩映的崎岖小路上
总有一个挎枪的军人行走
好似一团熊熊的火焰

毛泽东在他的《选集》里
以哀婉的笔调写下他的名字
从此，我们知道了你，记住了你
像记住一个典故 一个星斗 一片古化石
青松青青，才仅有 25 个年轮
火焰腾腾，才燃烧了 25 个秋冬
在追击叛逃的崇义山路上
永远定格了你的身影
你雕刻在共和国南方的版图上
你是何等的英俊年轻

我懂得井冈山斗争的火烈
更懂得如磐岁月的艰难沉重

为了在军阀割据的地盘里安身
毛泽东，朱德和他们的战友们
擎一支火把照亮一片天空
你跟随左右
驰骋纵横
五斗江，草市坳，龙源口
至今依然飘荡着那一缕红缨

诗歌背景墙

王尔琢，男，汉族，湖南省石门县人，中共党员。1924 年考入黄埔军校第一期，同年秋加入中国共产党。曾任学生队分队长，参加平定广州商团叛乱和讨伐军阀陈炯明的两次东征。1926 年参与国民革命军第 3 师的改编工作，任东路先遣军党代表，参加北伐战争。后任国民革命军第 3 军 26 团党代表。1927 年任国民革命军第 4 军团 25 师 74 团参谋长。同年 8 月，率该团重机枪连参加南昌起义。起义军南下广东后，率部参加三河坝战斗。后随朱德、陈毅等转战闽粤赣湘边，坚持武装斗争。1928 年 1 月参加领导湘南起义，任工农革命军第 1 师参谋长。1928 年 4 月，朱德与毛泽东率部队在井冈山会师后，他任中国工农红军第 4 军参谋长兼第 28 团团长，不仅协助毛泽东、朱德制定适合于红军的战略战术，而且每次大的战斗，都亲临火线直接指挥部队作战。他曾先后指挥五斗江、草市坳和龙源口等战斗，率 28 团英勇作战，粉碎湘赣两省国民党军的“会剿”，成为纵横井冈山的一员骁将，为保卫和发展井冈山革命根据地作出了重大贡献，赢得了“飞兵二十八团”的佳誉。同年 8 月 25 日，在江西崇义思顺墟追击叛徒时，英勇牺牲，年仅 25 岁。

他这样走进记忆

——王若飞

一

你在狱中备受铁镣的酷刑
那时我还没有来到这个世上
当你在空难中告别了苦难中的祖国
我才刚刚咿呀学语的年龄
我坐进学堂翻开课本
你如燕如鹰飞进我的记忆
大脑里除了你的神秘，刚强
就是镣铐，铁钳，鞭子，训斥的吼声

老虎凳上，我认识了你的坚强
诱骗面前，我认识了你的忠贞
人的狡诈，刑具的凶残
怎敌得过理想的崇高
共产党人的万丈火焰

我一百次地为你骄傲
求生存，寻道路，飞越大洋彼岸
我一百次地为你自豪
随毛泽东，周恩来一起赴重庆谈判
我更一百次地为你折服

铁牢终没能锁住你如飞的身段

假如不是飞机失事
延安的信天游和声里有你的音符
西柏坡的山路上有你的身影
三大战役的捷报里有你的祝贺
开国大典的元勋里有你的笑脸
你永生在英雄纪念碑的碑文里
月月，年年

我肃穆在英雄纪念碑前
悄悄脱下军帽向你致敬
我告诉膝下的子孙
国旗的旗波里蕴藏着无数烈士的呐喊

二

你从一本书里走来
我向坚贞不屈走去
从此，我知道了一位共产党员
的内心世界
是如此磊落和大气
每当读到你
悲恨就从心中抽出
一丝一缕
疼，点点滴滴

我追问黑茶山的白云
我追问湫水河的浪花
若飞同志一切可好

是否他还是那么繁忙
他身上的伤疤是否已经痊愈
这么多年了
拷打的刑具也已摆进纪念馆
斥敌的激昂也已春风化雨
面对已逝去的残酷事实
我还能说什么呢
我只能欣慰地告诉你啊
你翻过的山
山已返青
你蹚过的水
水已泛绿
幸福充盈每个角落
歌声，日夜，飞翔展翼
只希望你还能回来
看看陕北的新窑洞
摸摸梅园新村的桌和椅

我拽住黑茶山的衣角追问
我拦住湫水河的流水追问
你回来吧，回来吧
我的呼唤被风捎走
湫水河依旧潺潺地流
黑茶山依旧默默不语

诗歌背景墙

王若飞，1919 年 12 月赴法国勤工俭学。1922 年 6 月，参与发起成立旅欧少年中国共产党。1923 年 4 月，赴苏联学习，并转为中共党员。1925 年 3 月，回国后任中共北方区委巡视员、中共中央训练部主任、中共豫陕区委书记。1926 年，调上海，任中共中央秘书部主任（秘书长），参与处理中央日常工作。1926 年下半年到 1927 年初，参与领导上海工人武装起义。1928 年 6 月，赴苏联莫斯科出席中共六大，后任中共驻共产国际代表团成员。1931 年回国，任中共西北特委特派员，后因叛徒出卖被捕。在狱中他坚贞不屈，1937 年，获释后任中共陕甘宁边区宣传部部长、统战部部长。全国抗战爆发后，先后任中央华中兼华北工作委员会秘书长、八路军副参谋长。1940 年春至 1941 年 9 月任中共中央秘书长等职。1944 年 11 月起，任中共中央南方局工委书记，负责主持南方局日常工作。1945 年 6 月，在中共七大上当选为中央委员。同年 8 月与毛泽东、周恩来一起作为中共代表赴重庆同国民党谈判。1946 年 1 月，代表中共方面出席在重庆召开的政治协商会议。1946 年 4 月 8 日，在由重庆返回延安途中因飞机失事不幸遇难。

东兰播火者
——韦拔群

矗立于群山，比群山高出一截
扎根于民众，比民众高出一头
你出生于东兰，献身于东兰
是东兰唯一的播火人

你从广州农民运动讲习所取回火种
将东兰的干柴点燃
那火光照亮山川野陌
驱跑了壮家人几多黑暗

你把火种播向四野
阡陌稼禾迎来绿色的春天
你把火种播向山峦
群峰峡谷举起不屈的铁拳
你把火种播向壮家人的心里
壮汉良妇汇成洪流冲向白色的腐朽政权
百色起义的惊雷晴天炸响
南中国啊，地覆天翻

大部队北上抗日走了
你毅然留下，坚守右江的河山
百余人的队伍，百余支火把

在山间在地坴开展游击之战

东兰啊，迎你呱呱坠地的土地
革命啊，是你成长的摇篮
你曾向土地跪拜，你曾向乡亲跪拜
生生死死与之相伴

烈火中，你的儿子倒下了
你的亲人一个个倒下了
这是光明与黑暗较量的牺牲
你坦然相对，大步向前

历史的天空传来一声炸响
“韦拔群！你不会死
拔群！永生……”
你在东兰的大地下长眠

东兰的木棉花又开了
是何等的火红，何等的妖艳
一朵朵绽开向天微笑，向大地诉说
诉说一位壮族英雄的肝胆

诗歌背景墙

韦拔群，男，壮族，广西东兰县人，中共党员。韦拔群 1916 年初在贵州加入讨伐袁世凯的护国军，参加了护国战争。后入贵州讲武堂学习，毕业后到黔军任参谋。在五四运动影响下，1920 年，离开黔军到广州加入“改造广西同志会”，次年，回东兰从事农民运动，先后组织“改造东兰同志会”（称农民自治会）和“国民自卫军”（后称农民自卫军），指挥农军三打东兰县城，赶跑县知事和团总。1925 年初，入广州农民运动讲习所学习，结业后回东兰继续从事农民运动，主办农讲所，培养骨干，发展农会和农民武装，把农运推向右江地区。1926 年，领导成立东兰县革命委员会，任主任，同年加入中国共产党。1929 年 12 月，参与领导百色起义，建立右江根据地，任右江苏维埃政府委员、中国工农红军第 7 军第 3 纵队司令员、第 21 师师长。1930 年 11 月，红 7 军主力奉命北上，离开右江根据地，他坚决服从军前委命令，带领百余人留在右江根据地，发动群众，重新组建部队，在极其艰苦的条件下坚持游击战争。他一家 20 余人，包括他的儿子在内的 10 多位亲人惨遭敌人杀害。1932 年 10 月 19 日，被叛徒杀害于广西东兰赏茶洞。

战地“火凤凰”
——艾格尼斯·史沫特莱

中国乌云满天的时候
你抖动诱人的翅膀飞越太平洋
落到黄土地黄肤色的中国
首先，你以记者的身份踏入上海的领地
和宋庆龄热烈拥抱之后
便奔赴街巷，穿梭于流亡逃难的人群
在鲁迅的茶屋里你细点中国
在反饥饿反卖国的呼声中你寻找光明
中国红军第一次走进你的书页
你以一个美国女人的眼睛
校正了天下的视听
你大声疾呼：正义在红军
正义属于中国最底层的人民

在延安，一个晴朗的下午
你敲开了枣园的一幢灯火不眠的窑洞
在窑外的石桌石凳上
你握住了一位毛姓的伟人大手
从咚咚的脉搏中你感受到了力量所在
从深邃的眼神里你看到了赤县的曙光
你沿着他的指向望去
山那边，云蒸霞蔚

海之涯，浪翻潮涨

你的目光又描向另一位朱姓伟人
他宽阔的双肩足以和高山比高
他雄厚的胸膛足以和大海比量
你的笔触伸向蜀道的艰险
探寻“总司令”的生活怎样起步
叩问讲武学堂的最初意义
又拉开南昌起义的神奇帷幔
你插翅飞越井冈山的层峦峡谷
又在瑞金的崎岖小路徜徉
二万五千里长征在你的笔下蜿蜒
“白马骑士”在风雨里意气飞扬
《伟大的道路》诞生了
这是你献给中国人民的最高奖赏

你是国外第一个走进抗日前线的女人
你是国外第一个披露红军消息的女人
你的金发飘动在中国
你的正义之心也感动了中国

诗歌背景墙

艾格尼斯·史沫特莱，女，美国密苏里州人，美国记者。生于贫困之家。1929年，以《法兰克福报》特派记者身份来到中国，在上海参加中国进步文化运动，协助宋庆龄组织中国民权保障同盟，与宋庆龄、鲁迅等人建立了亲密友谊和合作关系，成为中国人民的忠实朋友。她不顾国民党当局的新闻封锁，深入根据地报道人民革命斗争和抗日反蒋爱国运动。1934年起，创作了《中国红军在前进》《中国的战歌》等重要著作。1937年1月到延安。1938年成为中国红十字会志愿人员，到山西抗日前线做救护工作。后积极参与组织白求恩、柯棣华等组成的外国医疗队来华支援中国抗战。同年10月改任英国《曼彻斯特卫报》驻中国记者，随八路军转战华中、华东等抗日前线，写了大量采访八路军、新四军的报道。1941年，因病返回美国后，继续为支援中国抗战而写作、演讲、募捐。在艰苦的生活条件下，创作了《伟大的道路》一书。这是她为朱德写的传记，同时记录了中国革命走过的道路。1949年因受美国麦卡锡主义的政治迫害，被迫流亡英国。1950年，准备重返中国，不幸因病逝世。按照她生前遗愿，骨灰安葬在北京八宝山革命公墓。

十字岭的思念
——左权

枪声已远去七十多年
也抹不去对你的思念
左权
左权
山，这么呼唤
水，这么呼唤
你的青春热血洒在十字岭的山头
你的名字雕刻在太行的山巅

炮声已化作万里云烟
也抹不去对你的思念
左权
左权
黄崖洞这么呼唤
碾子沟这么呼唤
你的坚毅令敌人丢魂
你的眼神让敌人胆寒
历史又拉开百团大战的序幕
马嘶号鸣，滚滚风烟
左权
左权
暴雨这么呼唤

炮声这么呼唤
敌情，在你的眉宇间节节败退
将士，在你的掌心里化作雷电

太行山的天空云飞浪卷
晋察冀的大地星移斗转
左权
左权
头戴羊肚毛巾的农夫这么呼唤
手摇纺车的大娘这么呼唤
你在哪里
你何时再回来
转转你洗过手的沙河水
转转你多次爬过的太行山

诗歌背景墙

左权，男，汉族，湖南省醴陵县人，中共党员。1924 年入黄埔军校学习。1925 年加入中国共产党。同年 12 月赴苏联学习。

1930 年回国后到中央苏区工作，先后任中国工农红军学校第 1 分校教育长、新 12 军军长、5 军团 15 军军长兼政委、中革军委一局局长、红 1 军团参谋长等职，参加了中央苏区历次反“围剿”作战。1934 年 10 月参加长征，并参与指挥强渡大渡河、攻打腊子口，以及直罗镇、东征等著名战役战斗。1936 年 5 月，任红 1 军团代理军团长。全国抗战爆发后，担任八路军副参谋长、八路军前方总部参谋长，协助朱德、彭德怀指挥八路军开赴华北抗日前线，开展敌后游击战争，粉碎日军多次残酷“扫荡”，威震敌后。1940 年秋，协助彭德怀指挥著名的“百团大战”。1941 年 11 月，指挥八路军总部特务团进行黄崖洞保卫战，经八昼夜激战，以较小的代价歼敌千余人，被中央军委称为“‘反扫荡’的模范战斗”。从 1939 年到 1941 年，他撰写了《论坚持华北抗战》等文章，总结敌后抗战经验。1942 年 5 月，日军对太行抗日根据地进行“铁壁合围”大“扫荡”，25 日，他在山西省辽县麻田附近指挥部队突围转移时，在十字岭战斗中壮烈殉国，时年 37 岁。

太行山“白求恩”小路

——诺尔曼·白求恩

石子泥土铺就的山路——曲曲弯弯
热血汗珠打造的小路——情深意长
在战火里跟随战士的脚步延伸
在生与死的搏战中闪光
“白求恩小路”是那个年代
架设在山谷村镇间的高速公路
承载着边区军民生的希望

路头——始自安大略州
路尾——晋察冀的村头山梁
一位白发碧眼的，络腮胡子老人一路走来
为了中国，为了理想

像鱼鹰入海投入抗日洪流
那身影坚定而匆忙

就是在这条小路上
雕刻着一位外国友人的身影
雕刻着他的焦躁、忧虑和欢畅
他在路旁的柳树下救护
他在路旁的小庙里架帐
战斗最激烈的时刻他一口气工作 69 个小时

使 115 名伤员重返战场

那个年月 连小路都累了
可他丝毫没有倦样
顶着酷暑去后方医院讲课
冒着小雨把养伤的战士探望
月亮下还要踏上小路巡诊
他说
前线需要弹药
救活一名战士战场上就多一杆枪

小路上的每粒石子都认识他
小路旁的每棵花草都认识他
路边的喜鹊都能叫出他的名字
路边的溪水都映出他的脸庞

他的血液与呼吸和中国混合一体
他的名字已载入华夏英雄的诗章

我们怀念“白求恩小路”
像怀念已去的挚友，兄弟
更像怀念爱我们疼我们的爹娘

诗歌背景墙

诺尔曼·白求恩，男，加拿大安大略州人，加共党员。

1916 年毕业于多伦多大学医学院，1935 年，被选为美国胸外科学会会员、理事。同年加入加拿大共产党。中国抗日战争爆发后，受加拿大共产党和美国共产党的派遣，率领一个由加拿大和美国人组成的医疗队支援中国人民的正义斗争，为抵抗日本侵略军的中国军民服务，于 1938 年 3 月到达延安，随即转赴晋察冀抗日根据地。他积极投入到组织战地流动医疗队、出入火线救死扶伤的工作中，为减少伤员的痛苦和残疾，他把手术台设在离火线最近的地方。他提议开办卫生材料厂，解决了药品不足的问题；创办卫生学校，培养了大批医务干部；编写了多种战地医疗教材并亲自讲课。他的牺牲精神、工作热忱、高度责任心，堪称模范。他虽年近五旬，但多次为伤员输血，一次竟连续为 115 名伤员做手术，持续时间达 69 个小时。1939 年 10 月下旬，在抢救伤员时左手中指被手术刀割破，终因伤势恶化，感染败血症，医治无效，于 11 月 12 日在河北省唐县黄石口村逝世。12 月 1 日，延安各界举行追悼大会，毛泽东题了挽词，并写了《纪念白求恩》一文，高度赞扬白求恩伟大的国际主义和共产主义精神。

想起那首信天游
——刘志丹

世上有一种歌
无论世事怎么变迁
无论历史走得多么遥远
它的旋律永远在脑际轰鸣

在那个年代
在陕北，在羊羔、山丹丹爬满
山坡坡的地方
有一首信天游
至今还回旋在汉子和婆姨的心里

几乎同一个早晨
山坡上有两支信天游
一支是《东方红》
一支是《陕北出了个刘志丹》
此唱彼随
同样的高远，同样的委婉
歌声不是要分割天下
而是共同擎起一片蓝天

在保安，刘志丹的故事
像山丹丹花，花开一串串

都知道他跟随毛泽东的足迹
打江山
乡亲们敬仰他的神勇忠心
为百姓披肝沥胆
土豆豆田是他一尺一丈分到户
一粒粒粮是他一升一斗倒仓满
几辈人的土窑洞
几辈人的碱巴田
几辈人的羊皮袄
都改了新的词
都有了新的弦

朵朵白云坡上飘
没有走远
条条溪水沟里流
没有流完
那首不老的信天游
有一种不尽的思念
每当想起喊几句
心地洞开
高天也蓝……

诗歌背景墙

刘志丹，男，汉族，陕西省保安县人，中共党员。1924 年，加入中国社会主义青年团，1925 年春，转入中国共产党，同年冬受党指派进入黄埔军校第四期学习。大革命时期，积极参加北伐战争。1928 年 4 月，参与领导渭华起义，任西北工农革命军军事委员会主席。后在陕甘边开展兵运工作。1931 年 10 月，和谢子长等组建西北反帝同盟军，后改编为中国工农红军陕甘边游击队，任副总指挥、总指挥，开辟以照金、南梁为中心的陕甘边苏区。此后，相继任陕甘边红军临时指挥部副总指挥兼参谋长、红 26 军 42 师师长、中共陕甘边军事委员会主席、西北革命军事委员会主席，把陕北、陕甘边两块苏区连成一片，成为中共中央和各路北上抗日红军长征之后的落脚点。1935 年 9 月，刘志丹任合编后的红 15 军团副军团长兼参谋长，参与指挥劳山战役。后任北路军总指挥兼第 28 军军长、工共中央所在地瓦窑堡警备司令。刘志丹经常教育部队顾全大局，绝对服从中共中央的领导和调遣。在他的影响下，陕北红军与中央红军团结一致，共同对敌。1936 年，刘志丹率红 28 军参加东征战役，挺进晋西北，屡克敌军。4 月 14 日，在中阳县三交镇战斗中牺牲。为纪念他，中共中央和陕甘宁边区政府决定将保安县改名为志丹县。

我们的“兰花花”
——刘胡兰

生前，没留下一张照片
画家依据山西的水土和姐妹的轮廓
　　为你造像
我们凭借你的最后呐喊想象你的
　　面容
兰花花般的清秀
红梅般的灿烂

本来“太阳旗”已经降下
南京的蒋介石也正苟延残喘
这年的一月
寒冬与阳春对峙
阎匪的铡刀抬进一个叫云周西村的村子
做最后的挣扎

那个特殊的时刻
太行山低首怒向一群恶魔
汾河水举浪抗议血腥的屠夫
所有人的拳头攥出火星
所有的心跳捶打狰狞的胸膛
铡刀，这个农家人惯用的工具
在刽子手的掌控下张开血盆大口

寒光凌利刺透腊月的严寒

惨烈的一幕终于发生了
那一枝如花似玉的花朵凋谢了
和“兰花花”一同凋谢的还有
南京的青天白日旗
一个政权的瓦解

我们的“兰花花”走了
和她的六位叔伯兄长一起走了
据说 那年的风雪期很短很短
春天随即来到田野山梁

诗歌背景墙

刘胡兰，女，汉族，山西省文水县人，中共党员。全国抗战爆发后，中国共产党领导山西人民开展救亡运动，文水县成立了抗日民主政府。在党的领导下，云周西村涌现出一批抗日积极分子，一些贫苦农民相继入党，并成立了党支部。刘胡兰积极参加村里的抗日儿童团，为八路军站岗、放哨、送情报。后来，刘胡兰当上了云周西村妇救会秘书，参加了党领导的送公粮、做军鞋等群众活动，还动员青年报名参加八路军。抗战胜利后，阎锡山的部队占领了文水县城，解放区军民被迫拿起武器自卫，保卫抗战胜利成果。1945 年 11 月，刘胡兰参加了党组织举办的妇女干部训练班，阶级觉悟有了进一步的提高。

1946 年 2 月，刘胡兰参加了我军反击阎锡山顽军作战的东庄战斗的支前工作，得到了进一步的锻炼成长。刘胡兰在斗争中经受了严峻考验，于 1946 年 6 月，被批准为中共候补党员。1947 年 1 月 12 日，阎锡山国民党军和地方武装“复仇自卫队”包围了云周西村，刘胡兰被国民党军和地主武装抓获。在敌人威胁面前，她坚贞不屈，大义凛然地说：“怕死不当共产党！”敌人将同时被捕的 6 位革命群众当场铡死。但她毫不畏惧，从容地躺在铡刀下，英勇牺牲。毛泽东为她题词：“生的伟大，死的光荣。”

五月一日，却是她的殉难日
——向警予

她的不幸与其他烈士一样
也是遭叛徒的暗算
1928 年 3 月 20 日　死神向她伸出魔爪
在武汉，大雾笼罩下的罪恶
一群狡黠之人将一位美丽智慧的女子掠走
铁窗里，她没有沉默

她从旅法勤工俭学的路上走来
也曾在十月革命的红场上沉思
古老沉腐的中国只有革命才是唯一的出路
新民学会的宣言她没有忘
共产党的目标她牢记在心

任何凶煞，恶神她不屑一顾
高墙铁门挡不住她心的跳动
理想的闪光

她以嘴巴做刀枪
与敌人周旋
她以嘴巴做春风
抚慰狱中难友的心
监视下，常有字条的传递

暗夜里，也有星火的闪动
她把狱中姐妹收拢周围
随时向敌人发起舆论的反攻

敌人垂下头颅
最后露出狰狞
监狱长采取最后的通谍
五月一日，大动血腥
这何等伟大的日子
这是劳动人民扬眉吐气的日子
敌人，歹毒的蛇蝎心肠
却用毒手掐死一个女人

那天，天格外蓝
初夏的风，习习吹拂
大武汉，在惊悸中翘首
目送一位英雄
又直逼刽子手的枪口
离开的最后时刻
在去余记里空坪刑场的路上
她慷慨陈词
口若悬河
一句句砸在敌人的头顶
这是射向敌人的子弹
蒋家王朝在她的演讲中
摇摇欲坠

诗歌背景墙

向警予，女，土家族，湖南省溆浦县人，中共党员。向警予是我党最早的女党员之一，被誉为“我国妇女运动的先驱”。1912 年秋，入湖南省立第一师范学校学习。1919 年秋，参加革命团体亲民学会。同年 10 月与蔡畅等组织湖南女子留法勤工俭学会，为湖南女界勤工俭学运动的首创者。1921 年底回国，1922 年初加入中国共产党。1925 年 5 月起，任中共中央第一任妇女部主任。同年 10 月到苏联学习。1927 年 4 月回国，先后到中共汉口市委宣传部、市总工会宣传部工作。大革命失败后，任中共湖北省委负责人之一，党的大部分领导同志先后转移出去，她主动要求留在武汉，在严重的白色恐怖中坚持党的秘密斗争。1928 年 3 月 20 日，由于叛徒出卖，她不幸被捕。敌人一次又一次对她严刑逼供，但她始终坚贞不屈，严守党的秘密。国民党反动派无计可施，遂决定在 5 月 1 日这个全世界工人阶级的节日里杀害她。走向刑场时，她视死如归，沿途向广大群众进行讲演。敌人极端恐惧，宪兵们凶残地殴打她，但她仍滔滔不绝地演讲。刽子手们残忍地给她嘴里塞满石块，又用皮带缚住她的双颊，在武汉余记里空坪刑场，向警予英勇就义，年仅 33 岁。

戎妈妈
——戎冠秀

战争走远了，走进
书本，纪念馆，电视剧
却总也没走出我们的大脑
你也走了多年，走进
黄土上的纪念碑
但也没有走出我们的视线
我们的理想和呼吸

世上的母亲如森林如大海
可你是为数不多的母亲
亲生的儿女也许三个五个
可你的儿女如星星如梨花
那是战争的大手送给你的孩子
你倾尽所有
和他们一起做梦
和他们一起想家

打仗归来
第一步踏进你家的门
第一声喊你戎妈妈
第一件事担满缸里水
第一顿饭小米伴倭瓜

身也轻了
气也爽了
睡更香了
梦里还和你说着悄悄话

秋高粱放红的时候
正是鬼子下乡的时候
鬼子抓鸡
抓牛，抓羊羔
也抓花姑娘
女战士小娟躲过鬼子的追杀
正被戎妈妈碰上
你把小娟藏在心中的最深处
装扮成她的妈妈
混过那群红眼的色狼

战士小马负伤的时候
正是你心疼的时候
荆棘丛里采药
石崖缝里取水
石板上烙饼子
瓦罐里熬鸡汤
山洞里就是如家的天堂

要知道戎妈妈救过多少伤病员
请数山上的白杨树
要知道戎妈妈有多少子弟兵“儿子”
请数天上的星星
有的子弟兵牺牲了
回头把纪念章挂在戎妈妈的胸口

那是战士的眼睛
有的子弟兵转移了
转身采一朵野花挂在戎妈妈的头上
那是战士不忘的美丽亲娘
戎妈妈的石碑不在天安门广场
高耸在民间
藏在青纱帐

诗歌背景墙

戎冠秀，女，汉族，河北省平山县人，中共党员。戎冠秀 1938 年担任村妇救会会长。1941 年秋，在边区军民反“扫荡”斗争中，任村交通转运站站长。前方打仗，她带领妇救会会员日夜忙碌，送水送饭，慰劳军队抢救伤员。日军进村“扫荡”，她又组织群众坚壁清野。1943 年秋，日军 7 万余人对根据地实行“大扫荡”。戎冠秀指挥群众转移出村后，发现一名负伤的八路军战士正被日军追赶，她急忙背起伤员往山上跑。在半山腰的一个山洞前，让伤员踩着她的双肩向里面爬，由于山洞太高，她用双手托起伤员的双脚将其送入山洞。在抗战中，她冒着生命危险抢救过多少伤员，像慈母一样护理过多少伤员，多少伤员喊过她娘，她自己也数不清。1944 年 2 月，她出席了晋察冀边区群英大会，被晋察冀解放区政府和晋察冀军区授予“子弟兵的母亲”的光荣称号。1949 年，她作为华北区人民代表参加了中国人民政治协商会议第一届全体会议，受到毛主席的接见。中华人民共和国成立后，她多次出席全国劳动模范会议和拥军优属表彰会，当选为第一至五届全国人大代表，第三、四届全国妇女代表大会代表，第四届全国妇女代表大会执委会委员。曾荣获全国“三八红旗手”。1989 年 8 月病逝。

背影与荷塘的悲喜人生
——朱自清

在文学苍茫的大地上
有一个背影
在月色朦胧的夜晚里
有一口荷塘
她们分别置放在风雨飘摇的路口
阐释或图解

帝国主义的铁蹄
踏翻华夏民间的尘土
炸弹在城市的上空狂笑
劳作的农民不舍土地和家园
逃生的路上纷纷回首
以一支笔的力量追打黑暗
呼唤黎明再度来临

《背影》里的父亲
瘦小而伟岸
那是劳动与汗水的杰作
那是压迫与反压迫的雕像
回忆与追寻使我们眼睛发亮
洞察一个时代的缩影
还有《荷塘月色》

安逸与抒情之外
为我们带来的是山样的沉重
它分明是战乱的桃源
深藏的梦境
清丽典雅之外
过多地预支了憧憬

刀光，枪声，炮声
拥挤的诗行
流离，逃难，呐喊
填满的文字
排队向我们走来
夜太重了
压弯了那支发烫的笔管
在八月的酷暑之后
在血泪浸透稿纸之后
与落叶一同飞走……

诗歌背景墙

朱自清，男，汉族，浙江省绍兴市人，散文家、诗人、学者、民主战士。1919 年参加北京五四爱国运动，从事新文化宣传活动。从北京大学毕业后从事教学和文学创作，先后在杭州第一师范等学校任教。1922 年参与创办《诗》月刊，写作和推广新诗。1924 年出版诗文集《踪迹》。1925 年任清华大学中国文学系教授，此后转向散文创作和古典文学研究。他同情和支持人民的反帝反封建革命斗争，上海五卅运动时写了《血歌》，北京“三一八”惨案后，写了《执政府大屠杀记》。1927 年大革命失败后，他怀着爱国知识分子的正义感从事写作、研究和教学。1928 年出版第一本散文集《背影》，享誉文坛。1931 年赴英国留学。1932 年后，任清华大学中国文学系主任，与闻一多成为挚友。1934 年后参与编辑《文学季刊》等刊物。1935 年，参加“一二·九”学生游行，反对国民党政府对日本侵略的不抵抗政策。全国抗战爆发后，1937 年，任西南联合大学中国文学系主任，坚决反对日本帝国主义对中国的侵略，进行抗日救国的宣传。抗战胜利后，积极支持学生爱国民主运动，反对国民党特务杀害李公朴、闻一多。1948 年 6 月，表示宁可挨饿也不领取美国面粉，以抗议美国扶日援蒋反共政策。同年 8 月 12 日，在贫病交加中逝世。

祖国新生一个月，她却走向刑场
——江竹筠

一群打着“国”字头的败类
从南京撤到重庆
像一群血腥的秃鹫
盘旋良久
落下
黑色的心肠架起围墙
血滴，流成渣滓洞
好像从此
共产党人必定以此为家
与恐怖
惊悸
钢鞭
电刑……
为伴

这是新中国诞生一个月之后的事实
这边
华北大平原正是红旗吻日
欢声中泪水与鲜花齐放
那边
蜀道长江流经的古老城堡里
败类们杜撰着一部“奇书”

“奇书”里有许多硬骨头主人
她——江姐
最早走进青铜般雕像的女人
她的诗意般的化身
是红梅

预报重庆快解放的炮声中
戴笠与梅乐斯合谋
加快了磨刀的时速
枪口对准一个个戴镣铐的人之后
终于又对准了 29 岁的花朵
于是，她飞速走进一部真正的大书里
诗人把最动情的泪水赋予她
她在一首歌里永生

诗歌背景墙

江姐，女，汉族，四川省自贡市人，中共党员。同志们出于敬爱，都亲切地称她“江姐”。江姐在 1947 年第二条战线反对国民党反动统治的斗争中，受中共重庆地下市委的指派，负责组织大中学校的学生与国民党反动派进行英勇斗争。在丈夫彭咏梧的直接领导下，江姐还担任了中共重庆市委地下刊物《挺进报》的联络和组织发行工作。1947 年，彭咏梧任中共川东临时委员会委员兼下川东地委副书记，领导武装斗争。江姐以川东地委及下川东地委联络员的身份和丈夫一起奔赴斗争最前线。1948 年，彭咏梧在组织武装暴动时不幸牺牲。江姐强忍悲痛，毅然接替丈夫的工作。1948 年 6 月 14 日，由于叛徒的出卖，江姐不幸被捕，被关押在重庆渣滓洞监狱。国民党军统特务用尽各种酷刑，老虎凳、吊索、带刺的钢鞭、撬杠、电刑……甚至残酷地将竹签钉进江姐的十指，妄想从这个年轻的女共产党员身上打开缺口，以破获重庆地下党组织。面对敌人的严刑拷打和残酷折磨，江姐始终坚贞不屈，“你们可以打断我的手，杀我的头，要组织是没有的。”“毒刑拷打，那是太小的考验。竹签子是竹子做的，共产党员的意志是钢铁！”1949 年 11 月 14 日，在重庆解放的前夕，江姐被国民党特务杀害于渣滓洞监狱，年仅 29 岁。

扼杀在摇篮里的希望之光
——李大钊

当乌云压在中国人民头顶的时候
他放下手中的笔
轻轻压住那一缕浑然的黑暗
如墨的天色中
有一抹斑斓的彤云
在他的瞳孔里放大
放大成一个理想的图腾
他弃笔纵身奔去
圣彼得堡神圣崛起的土地
十月革命炮击的圣典

十月的炮击中
他最早抓住了曙光
看到了庶民的潜能
扯一缕光明于中国
引一条道路向彼岸

乐亭——故乡
有海，有山
有玉米有大豆
更生产“主义”和“思想”
他把海的空阔引进课本

他把山的巍峨搬进讲堂
与大洋彼岸的大胡子心心相映
与黄浦江畔的陈姓学者悄悄“暗恋”
他们合伙制造一声惊雷
改地换天
他们联合打造一条道路
摆渡苦难

“铁肩担道义
妙手著文章”的人
引领第一缕曙光照亮中国古老土地的人
在骤风中吹掉了树冠

我在那架绞刑架前沉思
绞杀的是躯体
那思想万丈的光芒之剑
不是已射穿了弥天的黑暗

诗歌背景墙

李大钊，男，汉族，河北省乐亭县人，中共党员。李大钊是中国共产党主要创始人之一。俄国十月革命胜利后，他相继发表《法俄革命之比较观》《庶民的胜利》《布尔什维主义的胜利》《我的马克思主义观》等文章和演说，阐述十月革命的意义，成为我国最早传播马克思主义的人。1920 年 3 月，在北京大学组织中国第一个马克思学说研究会。同年秋，他又领导建立了北京的共产党早期组织，并与上海的陈独秀遥相呼应，积极筹备建立了中国共产党。中国共产党成立后，负责党在北方的全面工作。在党的三大和四大上当选为中央委员。1924 年 1 月，作为大会主席团五位成员之一，出席了国共合作的国民党第一次全国代表大会，参加大会宣言的起草等工作，为实现国共合作作出了重要贡献，当选为国民党中央执委会委员。此后，直接担负国共两党在北方的实际领导工作。1926 年 3 月，在极端危险和困难的情况下，领导并亲自参加了北京人民反对日、英帝国主义和军阀张作霖、吴佩孚的斗争。1927 年 4 月 6 日，张作霖勾结帝国主义，在北京逮捕李大钊等 80 余人。在狱中，他备受酷刑，始终大义凛然，坚贞不屈。4 月 28 日，李大钊等 20 位共产党员和革命者被绞杀在西交民巷京师看守所内。

会思想的眼睛
——李鼎铭

是他首先发现
跋山涉水走来的队伍
过于负重
要前进
就要舍去一些什么
哪怕冒死夺回来的

那时在陕甘宁边区
红军刚刚稳住脚跟
又遇敌人层层封锁
数米粒过日子的时光
他发现庞大的队伍中多了兵员
窑洞式的大礼堂里多了几条桌椅板凳
就在贴窗花的会议室里
他——一位开明绅士
大胆向党建议
“精兵简政”
这一刀也许疼痛
但党和他的领导者
倍感轻松

他那会思想的眼睛

得到毛泽东的赞赏
在一篇《为人民服务》的文章里
尊称“李鼎铭先生”
是他的一句话四个字
割掉了肌体上的腐肉
为新型政权注射了“强身剂”

李绅士的启迪
就像走路
谁发现的多
谁看得远
谁就“稳操胜券”
亏了有他的会思想的眼睛
我们轻松地
度过了没盐的日子

诗歌背景墙

李鼎铭，男，汉族，陕西省米脂县人。辛亥革命后，李鼎铭积极拥护孙中山的民主革命主张，积极提倡放足、剪辫子、禁止赌博、破除迷信等革新措施。曾在家乡创办国民高等小学，任校长。从事教育工作的同时，在家乡行医，成为当时在陕北颇有名气的中医大夫。1923 年，任榆林道尹公署顾问兼科长。1936 年，任米脂县财务委员会主席。抗日战争时期积极拥护中国共产党的领导，参加根据地的政权建设。1941 年，在抗日根据地推行“三三制”政权，以开明绅士代表当选为副议长。同年冬，在边区第二届第一次参议会上当选为陕甘宁边区政府副主席。在这次会议上，针对当时陕甘宁边区遭到围困封锁、经济处于严重困难和边区军政机关相对庞大、群众负担较重的情况，提出“精兵简政”提案，受到会议高度评价，为中共中央所采纳。任内，通过调查研究，提出和推行了精耕细作、多种洋芋、推广养蚕、种棉造林、纺毛织布、鞣制皮革、移民开荒等多项措施，促进了农副业生产的发展，活跃了陕甘宁地区的经济。还对扫文盲、培养人才、普及卫生习惯等提出一些积极倡议，并付诸实施，颇有政绩。1945 年，当选为解放区人民代表会议筹备委员。1947 年病逝。

太阳身边的红霞
——杨开慧

当我写下一个女人的名字
那文字立刻站起来
随之，我的心潮涌动，澎湃
直抵遥远的板仓
终究那是一首凄美动人的绝唱

他手持雨伞告别韶山的时候
她手拉三个孩子，站在门外
向他告别，其实也告别了爱情
门外，风骤雨狂
没有一声道别，只留下一个背影

山高路远
井冈山被阻在千里之外
虽然，两颗心紧系相偎
只有“挥手从兹去，更那堪
凄然相向”的诗句
伴她咀嚼岁月

杜鹃花又红了
红过韶山，漫过“爱晚亭”
她没有失言

采下一枝插向望夫的墙头
那绽放的是他们爱情的火焰
三年之后，井冈的大火正熊
板仓的斗争也烈
他在黄洋界引吭炮声的时候
她却走向“铲共队”的枪口

此时，他并不知晓
并不知道他的爱妻已香销玉殒
他的脚步还在永新的山路上跋涉
可知道，那一团红霞
已升上井冈五指峰的云端

魂归板仓
传说，每当冬季的某一天
总有一团红霞从板仓的山头升起
悠然飘浮向韶山
那是他俩结婚的日子

诗歌背景墙

杨开慧，女，汉族，湖南省长沙市人，中共党员。1920 年下半年加入中国社会主义青年团。是年冬与毛泽东结婚。1922 年加入中国共产党后，一直追随毛泽东同志从事革命活动，在极为艰苦、险恶的条件下从事党的机要和交通联络工作，开展农民运动、工人运动、妇女运动和学生运动。大革命失败后，在极其严酷的白色恐怖中，按照党的安排，她带着三个小孩回到长沙板仓开展地下斗争。在与上级组织失去联系的情况下，参与组织和领导了长沙、平江、湘阴边界的地下武装斗争，努力发展党的组织，坚持斗争整整 3 年。1930 年月，杨开慧被捕。面对穷凶极恶的国民党长沙警备司令部“铲共队”的种种威逼利诱，严刑拷打，她坚贞不屈，大义凛然：“你们要打就打，要杀就杀，要想从我的口里得到你们满意的东西，妄想！”“砍头只像风吹过！死，只能吓倒胆小鬼，吓不住共产党人！”敌人逼问她毛泽东的去向，宣称只要她讲出毛泽东在哪里，登报声明与毛泽东脱离夫妻关系，就可以放她出去，如果不讲就只有死路一条。杨开慧斩钉截铁地回答：“要我与毛泽东脱离关系，除非海枯石栏！”1930 年 11 月 14 日，杨开慧英勇就义于长沙浏阳门外识字岭，年仅 29 岁。

东北，抗日联军的一面旗帜
——杨靖宇

日军档案
姓名：杨靖宇
职务：抗日联合军总指挥
年龄：38 岁
死亡现场：割头，剖腹
胃里填满枯草，树皮，棉絮
未见一粒粮食
似乎这不是诗句
没有诗的铿锵与美感
但，她是共产党人用生命骨骼写下的诗
应是人间最伟大的诗篇
你相信吗
一位腹内没有一粒粮食
以草叶，树皮，棉絮充饥的人
却跋山涉水，穿越林莽
把战地生活摆布得多彩多样
因为他是抗日联军的首领
因为他是共产党人
还因为东北的黑土地正被铁蹄践踏
有志男儿
何不自强

大小兴安岭的路，千条万条
他走遍了
大小兴安岭的水，千条万条
他涉过了
大小兴安岭的山，千座万座
他爬过了
大小兴安岭的森林，千顷万顷
他穿越了
每一朵花都记得他的名字
每一块石头都认出他的面庞
敌人可以割下他的头颅
但拿不走他的思想
不是吗
敌人把他的头颅割下挂到城垛上的时候
正是敌人灭亡的开始

诗歌背景墙

杨靖宇，男，汉族，河南省确山县人，中共党员。杨靖宇是东北抗日联军的创建人和领导人之一。1926 年，加入中国共产主义青年团，1927 年 4 月，参与领导确山农民暴动，5 月转为中国共产党党员。1928 年后在河南、东北等地从事秘密革命工作。1929 年春赴东北，任中共抚顺特别支部书记，领导工人运动。“九一八”事变后，任中共哈尔滨市委书记兼满洲省委军委代理书记。1932 年秋，被派往南满，组建中国工农红军第 32 军南满游击队，任政治委员，创建了以磐石红石砬子为中心的游击根据地。1933 年 9 月，任东北人民革命军第 1 军第 1 独立师师长兼政治委员。1934 年 4 月，联合 17 支抗日武装成立抗日联合军总指挥部，任总指挥。同年 11 月，任东北人民革命军第 1 军军长兼政治委员。1936 年 6 月任东北抗日联军第 1 军军长兼政治委员，7 月任东北抗日联军第 1 路军总司令兼政治委员。率部长期转战东北，有力配合了全国的抗日战争。在 1939 年秋冬季反“讨伐”作战中，他率警卫旅转战于濛江（今靖宇县）一带，最后只身与敌周旋 5 昼夜，以无比坚强的毅力顽强战斗，直至弹尽粮绝，壮烈牺牲，时年 35 岁。杨靖宇牺牲后，残忍的日军将其割头剖腹，发现他的胃里竟是枯草、树皮和棉絮，竟无一粒粮食。

一个用音乐打鬼子的人
——冼星海

现在的人，难以想象
音乐，软得缠绵
可以打人，打坏人
打手持，利舰，大炮的敌人
他就做到了
我和我的前辈们
一直都敬仰他
敬仰他魔幻般的五指

那时，在中国
突发一场几乎灭绝人寰的战争
整个中国
连石头都跳起来，冒火
连河水都飞起来，呐喊
所有的枪械都在哨子声中
排成长队
所有男人和女人，老人和儿童
都蹿出家门，站在生死线上

他叫冼星海
星星的星，大海的海
他的音符像星星一样璀璨

他的乐曲像大海一样激情澎湃
几个数字组成的游击小分队
出神入化
变化无穷
由他制作的“武器”神秘超人
会掏出敌人的心肝

游击队员在他的音符里
昼伏夜出
把个太行山踏成平地
把敌人的骨头剁成肥料
又把军歌唱到远方去
沸腾了千顷甘蔗林
沸腾了千里青纱帐

他又把黄河的九曲十八弯
以音符拉直，竖起来
集结成兵团方阵
分成独立与和弦
分成前锋与后卫
排山倒海似的
冲向敌人的营垒，老巢

历史走远了
战争走远了
可他的音乐之神还在我们的生活里
低回
吟唱……

诗歌背景墙

冼星海，男，汉族，广东省番禺县人，出生于澳门，中共党员。1918 年从新加坡回国进入岭南大学附中。1928 年进入上海国立音专学习音乐，1929 年去巴黎勤工俭学，1931 年考入巴黎音乐学院作曲班学习。1935 年回国后，积极参加抗日救亡运动，创作了大量战斗性的群众歌曲，并为进步影片《壮志凌云》、话剧《复活》等谱写音乐。抗战开始后，他参加上海救亡演剧二队，后去武汉与张曙一起负责开展救亡歌咏运动。1935 年至 1938 年间，创作了《救国军歌》《只怕不抵抗》《游击军歌》《到敌人后方去》《在太行山上》等各种类型的声乐作品。1938 年，前往延安担任鲁迅艺术学院音乐系主任，并在“女大”兼课。教学之余，创作了不朽的名作《黄河大合唱》等作品。1940 年 5 月，他受党组织派遣去苏联为大型纪录片《延安与八路军》配乐。后因战乱和交通阻隔而难以归国。其间，他写有交响曲《民族解放》、管弦乐组曲《满江红》、管弦《中国狂想曲》以及小提琴曲作品等近 300 件。撰写并发表了《聂耳——中国新兴音乐的创造者》《论中国音乐的民族形式》等大量音乐论文。由于长期劳累和营养不良，致使肺病加重，1945 年病逝于莫斯科。

铁窗里的爱情之花

——周文雍、陈铁军夫妇

不能言说的爱情
是最甜蜜的爱情
深藏不露的爱情
是最火红的爱情
彼此都有了彼此
心中都深藏了对方
但——
不能说

不能说
靠眼睛谈情
让风儿传话
铁窗里，只有背影亲近背影
铁窗里，只有脚镣亲近脚镣
夜光下
月亮从东窗得到消息
移到西窗报个平安
不能说
爱情却一天天膨胀
爱之根须从未停歇

他们有“广州起义”的号角做证

他们有农讲所木棉花的火红做证
他们有镰刀，锤头的神圣做证
他们有珠江，佛山的坚实做证
革命——让他俩倾情相爱
太阳从铁窗升起，落下
月亮从铁窗东升，西沉
树上的椰子熟了的时候
他俩的爱情也已经沉重

一个特殊的日子
一个特殊的行动
决定几乎和死亡通谍一同抵达
“刑场上的婚礼”
也是他俩诀别人生的婚礼

这是一场特殊的绝无仅有的婚礼
他俩用喜从悲来的哲学意味
昭告天下
共产党人可以为爱而死
也可以为爱而生
假如历史可以定格
就让这场婚礼定格吧
后人的仰望与敬仰
会让爱情之树常红常青
假如时空可以倒转
就让这场婚礼再次重映
谁都会相信
天安门广场的簇簇鲜花，也是
为他俩的婚礼怒放
还有开国大典二十八响礼炮　隐隐的轰鸣……

诗歌背景墙

周文雍（1905—1928）男，汉族，广东省开平县人，中共党员；陈铁军（1904—1928）女，汉族，广东省佛山市人，中共党员。周文雍 1923 年加入中国社会主义青年团，1925 年加入中国共产党。曾任中共广东区委工委委员、广州工人纠察队总队长、中共广州市委组织部部长兼市委工委书记等职。陈铁军 1924 年秋考入广东大学文学院预科。求学期间，为追求进步，铁心跟共产党走，她将原名燮君改为铁军。1926 年 4 月，加入中国共产党。大革命失败后，1927 年 4 月，广州“四一五”反革命政变后，任重建的中共广州市委组织部长兼市委工委书记。10 月，周文雍被选为中共广东省委候补委员，投入广州起义准备工作。陈铁军受党的派遣，装扮成周文雍的妻子，参与准备广州起义。1928 年 1 月，周文雍当选为中共广东省委常务委员兼广州市委常务委员，再次与陈铁军回到广州，重建党的机关。1 月 27 日，由于叛徒出卖，周文雍与陈铁军同时被敌人逮捕。在共同的革命斗争中，周文雍和陈铁军产生了爱情。但为了革命事业，他们将爱情一直埋藏在心底。在生命的最后时刻，他们决定将埋藏在心底的爱情公布于众，在敌人的刑场上举行了革命者婚礼，表现了大无畏的英雄气概。

沂蒙红嫂

——明德英

这就是你吗
从孟良崮战场走下来的
后来成为共和国上将的
迟浩田将军　为你题词
赞颂你“好红嫂”的
那个女人
这就是你吗
沂蒙山的地瓜干喂养大
有着丰满的胸肌
又包含无限善良与温柔
用自己的奶水滋补子弟兵的
那个女人
这就是你哟
我们所有军人的亲人
我们所有军人的母亲

昨晚
我与你在梦中邂逅
你的墓上的野草青青
墓旁的梨花白如雪飘
偶尔有野鸟飞过天空
有一条小溪在不远处流淌

背书包的小学生指给我
墓土里埋藏的人间大爱
骑摩托的姑娘向我倾诉
倾诉女人的独特少有的骄傲……

红嫂哟，我的亲娘
你用奶水泡甜的故事
在沂蒙的田野疯长
在沂蒙的山峰高举
你曾走进舞台，电视，以缤纷与宏阔
追述炮火下的那份宁静
你曾走进诗歌小说，以委婉与清丽
诉说一个冬天的奇特相遇
你以少妇的坦诚与真爱
诠释出鱼和水的不弃不离

路旁的石碑告诉我
你活着的时候没说过一句话
因为你是聋哑女
可你心里却有着万卷诗书
深藏着最生动的话语
世上，谁能称出奶水的重量
世上，谁能估出奶水的价值
高山没有它重
金子没有它贵
由你营造的传奇故事
足够我们日后沉思
慢慢回忆……

诗歌背景墙

明德英（1911—1995）女，汉族，山东省沂南县人。明德英出生于贫苦农民家庭，两岁时因病致哑。全国抗战爆发后，她在家乡目睹了共产党八路军坚持抗战、一切为了民众的实际行动，从而对共产党八路军怀有深厚感情。1941 年冬，大批日伪军包围了驻沂南牧马池村的八路军山东纵队司令部。1 月 14 日，八路军一名小战士在反“扫荡”突围中身负重伤，被明德英机智救下，为他包扎伤口。当搜捕的日军走后，伤员因失血过多，缺水休克，在周围没有水源的情况下，正在哺乳期的明德英毅然用乳汁救活了伤员。随后，她又和丈夫李开田倾其所有，收养伤员半个多月，使其康复归队。1943 年，她又从日军的枪林弹雨中抢救出八路军山东纵队军医处香炉石分所 13 岁的看护员庄新民。明德英救护八路军战士的情节，后被写入小说《红嫂》，编入京剧《红云岗》、舞剧《沂蒙颂》。沂蒙红嫂用乳汁救伤员的故事随之传遍全国，家喻户晓，明德英也被公认为沂蒙红嫂的生活原型，赢得了人们的敬重和爱戴。解放后，她仍不忘爱党爱军，先后把儿子、女儿、孙子等送入子弟兵行列，体现了爱党爱军的沂蒙精神。国防部原部长迟浩田上将在探望她时，题词“蒙山高，沂水长，好红嫂，永难忘”。

大雪与鲜血中的雕像

——林祥谦

那年，那月，那雪
噗噗地落下
一片片，如吼如啸
一团团，如泣如诉
落在江岸车站的站台上
落在被捆绑的一个汉子的身上
落在刽子手凶残的刀刃上
雪花与热血对峙
寒光与目光对峙

京汉铁路“二七”罢工的怒火
正在熊熊燃烧
那火苗正烧到吴佩孚的裤角
他发怒
像猛兽
上百条枪瞄向手无寸铁的工人
他——罢工总指挥
我们的林祥谦
成了敌人复工的筹码

站台的木柱上
捆绑着他

不屈的头颅激怒了刽子手的刀柄
钢刀与训斥交相表演
于是，出现了这样的对话：
第一刀劈下去
“绝不复工！”
第二刀劈下去
“绝不复工！”
第三刀劈下去
“绝不复工！”
第四刀、第五刀……劈下去
他已成血人
他依然站立

那天的雪啊
下得真大
扑哧，扑哧，铺天盖地
风与雪的交加中
他把最后的吼声扔给敌人
“可怜一个好好的中国
就断送在你们这班混账王八蛋手里了”
大雪淹没了一个初暖的冬天
大地寂寂
寒风习习

他的最后的喊声
不是对敌人的最后宣判吗
吴佩孚之流在梦中也会吓醒
旧王朝正是在这样的喊声中
崩塌
倒地

诗歌背景墙

林祥谦（1892—1923）男，汉族，福建省闽侯县人，中共党员。林祥谦1906年进马尾造船厂当学徒，1912年，到京汉铁路江岸机车车辆厂当钳工。1921年12月，参加中国劳动组合书记部武汉分部会议，并作为发起人之一筹备组织京汉铁路江岸工人俱乐部。1922年夏加入中国工产党，不久当选为江岸京汉铁路工会委员长。1923年2月1日，京汉铁路总工会在郑州召开成立大会，遭到北洋军阀吴佩孚的破坏和镇压。为抗议军阀的残暴行径，总工会决定2月4日举行全路总同盟罢工，林祥谦被指定为江岸地区罢工的总负责人。2月7日，林祥谦带领工人同前来镇压的反动军队进行了英勇搏斗，终于寡不敌众，与十几名工会领导人和工人代表被敌人逮捕。当夜天降大雪，敌人把林祥谦绑在江岸车站站台的木桩上。反动军阀让林祥谦下令复工，遭到林祥谦断然拒绝。刽子手举刀砍向林祥谦，每砍一刀，就问："上不上工？"已成血人的林祥谦斩钉截铁地说："上工要总工会的命令。我们是头可断，工不可上！"屠刀再次挥向这位不屈的战士，林祥谦拼尽最后的力气怒斥敌人："可怜一个好好的中国，就断送在你们这班混账王八蛋手里了！"而后英勇就义，年仅31岁。

火旁飘动的红纱巾

——赵一曼

在东北
在仇恨与大豆一同生长的地方
在抗日联军驻扎的珠河大地
有一位红妆白马的女军人
历史走得很远了，但依然看到
她在历史的风云里时隐时现
偶尔有一支枪在空中挥舞
透过暗夜的翅膀
人们会看到，山脚树丛里
篝火旁飘动的红纱巾

她是一位年轻的女军人
统领着一个团的男子汉
白桦般的身躯
泉水样的双眸
她早年从十月革命的圣土上
接过的火把和经典
是她经风经雨的全部财富
那时，革命者的牺牲大同小异
都是寡不敌众
但都是为了他人
她是掩护突围之中

发生了类似的情节
她以顽强的姿态
给我们留下难忘的背影
轧轧的刑车碾过我们滴血的心
她留给宁儿的信
是告别这个世界的最后留言
屠刀面前，她唱起《红旗歌》
在八月的风涛中漫卷
多年了，总也磨灭不去
那堵历史的墙壁上
镶嵌着一位女军人的影子
她浅浅的微笑
离我们很近
墙外风飘雨下
花开花落
鸟儿展翅的天空之下
五谷苍茫的大地之上
她一直在行走
让她的卓越与不凡陪衬我们的生活

还有她篝火旁飘动的红纱巾
在我们安宁的协奏曲中流动
她提枪与敌人厮杀
呼喊苦难中的兄弟
她不顾生离死别
战火之外有她凄美的爱情
故事与传奇
写进石碑
我们一遍遍抚摸那温柔且矜持的情节
找出营养和生动

丰富壮大我们的躯体

歌唱之后
我们再也忘不了篝火旁飘动的
那条红纱巾
以及白马之上的抗日女神

诗歌背景墙

赵一曼（1905—1936）女，汉族，四川省宜宾县人，中共党员。赵一曼1923年加入中国社会主义青年团，1926年夏加入中国共产党。同年11月，入武汉中央军政治学校学习。1927年9月，去苏联莫斯科中山大学学习。次年回国，在宜昌、南昌和上海等地秘密开展党的工作。“九一八”事变后，被派往东北地区发动抗日斗争。先后任满洲总工会秘书、组织部长，中共滨江省珠河县中心县委特派员、铁北区委书记，领导工人进行罢工运动，组织青年农民反日游击队与敌人进行斗争。1935年秋，任东北抗日联军第3军第2团政治委员。11月间，第2团被日伪军围困于一座山间。赵一曼掩护部队突围，身负重伤，养伤期间被日军发现，战斗中再度负伤，昏迷被俘。日军对她施以酷刑，用钢针刺伤口，用烧红的烙铁烙皮肉，逼其招供。她宁死不屈，严词痛斥日军侵略罪行。为了得到口供，日军将她送进医院监护治疗。在医院里，她积极宣传抗日救国的道理，教育争取看护和看守人员。1936年6月28日，在看护和看守帮助下逃出医院。6月30日晨，被追敌再度抓捕，受到更加残酷的刑讯。1936年8月2日，在珠河被敌杀害。临刑前，她高呼“打倒日本帝国主义！”“中国共产党万岁！”视死如归，从容就义，年仅31岁。

红烛之魂
——闻一多

早年，长江两岸行走的寻火者
的队伍里
总能找到你的布鞋和蓝长衫
那年，比党出生的年月还早
你丢下茅屋中喘息驼背的父母
走进清华校园的木板凳
一头扎进以文字做投枪的生涯

之后，你便做了学潮的弄潮儿
到中流击水，浪遏飞舟

也许，天空越来越寂寞
你纵身越洋拜会西方的缪斯之神
借助她的双眸透视中国
《红烛》在黑夜点亮
烧得东方通红，通红

在烛光的背景里，站立
长衫飘起一个伟岸的身躯

诗歌背景墙

闻一多（1899—1946）男，汉族，湖北省浠水县人，中国民主同盟盟员。闻一多1912年考入北京清华学校，曾担任《清华周刊》总编辑及《清华学校》编辑。1919年的6月作为清华学校学生代表去上海参加全国学生联合会成立大会。1922年赴美留学，先后在芝加哥美术学院、科罗拉多大学美术系学习。1923年，在国内出版了诗集《红烛》。1925年回国，任北京艺术专科学校教务长。1927年，应邓演达之邀，到武汉国民革命军总政治部负责艺术股工作，不久离开部队。同年秋到南京第四中山大学任外文系主任。3月，参加《新月》杂志的编辑工作。同年秋，到武汉任文学院院长兼中文系主任。1930年，任青岛大学文学院院长。1932年，回到北京，任清华大学中文系教授，投入中国古典文学的研究。抗日战争时期，任西南联合大学教授。1943年，开始得到中共昆明地下党和民主同盟的帮助，积极投身争取民主的斗争。1944年，参加中国民主同盟，并被选为云南支部委员。1945年9月，任民盟中央执行委员兼《民主周刊》社社长。1946年6月下旬，与民盟云南支部的委员一起举行招待会，对各界人士表明了反对内战的态度。7月15日，在李公朴追悼会上发表讲演，当天被国民党特务暗杀。

红星照耀中国

——埃德加·斯诺

六月湿湿的土地硝烟蒸腾
红军还在雪山草地与冷月同眠
你——第一个来自西方的新闻使者
叩响黄土地，以笔攒开东方之门
毛泽东 红军长征的发起者
被你的眼神与英语感动
以长夜长谈款待
二万五千里，在他的烟缕里飘过

二万五千里，惊天动地
可世上却少有人知
更多人看不到它的灵魂
光明与黑暗对垒
共军与国军厮拼
谁是中国的主宰
谁代表三万万同胞的命运
一任枪炮嘶鸣

霜晨月，马蹄声碎
铁索寒，大渡桥横
而此时
你做了他们最近的亲人

你棱角分明的文字照耀了他们
你朋友挚热的情怀温暖了他们
他们的心房顿开

迷雾重重
群山耸动
你秉笔高歌，日夜奔突
你要把一个“秘密”大白天下
你要把一个希望揭示给华夏子孙
红军，红军
红星，红星

于是，那枚铁制的红星
转化为神奇
你高举于苍茫之上
《红星照耀中国》
是你全部的热血与仰望
这本小书，在历史的时空中摆放
她的光芒
她的深情
她的温暖
与日俱增……

诗歌背景墙

埃德加·斯诺（1905—1972）男，美国密苏里州堪萨斯市人，美国著名作家和新闻记者。埃德加·斯诺曾入密苏里大学新闻学院就读，毕业后从事新闻工作。1936 年 6 月，在宋庆龄的联系与帮助下，斯诺经西安前往陕北苏区访问。他和毛泽东等同志进行长谈，到边区各地采访，搜集关于二万五千里长征的第一手资料，次年写成驰名全球的杰作《红星照耀中国》(中译本名为《西行漫记》)。斯诺是在红色区域进行采访的第一个西方记者。他热诚支持中国人民解放事业，长期向全世界宣传和介绍中国人民的革命和建设事业，增进西方各国人民对中国的了解。抗日战争爆发后，斯诺担任英美报纸的驻华战场记者。1939 年，他再次到延安，对毛泽东进行了访谈，并详细了解根据地的政权建设等方面情况，又一次向全世界作了报道。斯诺在旧中国度过了整整 13 年，做了许多有益于中国革命和中国人民的事情。他曾多次冒着风险，营救我党领导人和革命群众，宣传中国共产党的抗日主张。新中国成立后，斯诺曾先后三次来华进行访问。1970 年 10 月，斯诺偕夫人一同访华，参加我国国庆观礼，在天安门上受到毛泽东和周恩来的接见。斯诺于 1972 年 2 月在日内瓦病逝。按其遗嘱，他的一部分骨灰安葬在北京大学校园内。

远风告诉我们，那首浩天之歌
——夏明翰

远风告诉我
在汉口，在余记里的悲风里
有一个汉子唱出的最后悲歌
也是浩歌，英雄壮士之歌
“砍头不要紧
只要主义真
杀了夏明翰
还有后来人！”
这首歌最后被阳光收走
生存在小学生的课本里

很多人知道他
后来知道他的人走向别处
剩下少数人的仰望
清明节的纷纷细雨里
或是烈士纪念馆的肃穆里
那时他总会从墙壁上
走下来，走下来
和我们在泪水里相逢
讲解员的木棒下
显现他的履历
毛泽东、何叔衡和他并肩行走

广州农运所有他的课桌，油灯
秋收起义的飒飒秋风里上路
平江暴动的风雷里他威震夜空
他是我国早期革命的组织者
沉沉赤县的一颗明星

多年了
我们的记忆并不模糊
我们的视线并不模糊
我们依然在这四句诗里找到力量
找到我们生存的理由

诗歌背景墙

夏明翰（1928—1970）男，汉族，湖南省衡阳县人，中共党员。1920 年冬，经过五四运动洗礼的夏明翰来到长沙，结识了毛泽东。1921 年秋，经毛泽东、何叔衡介绍，加入中国共产党。入党后，在长沙从事工人运动，参与领导了人力车工人罢工斗争。1924 年，担任中共湖南省委委员，负责农委工作。他十分注意培养农运干部，保送革命青年到广州农民运动讲习所学习，为湖南农民运动培养了大批骨干。1926 年 2 月，被党调往武汉工作，担任全国农民协会秘书长，兼任毛泽东和中央农民运动讲习所秘书。在“四一二”反革命政变和长沙“马日事变”后的严重白色恐怖中，1927 年 6 月，受党派遣回湖南任省委委员兼组织部长。同年 7 月大革命失败后，参与发动秋收起义。10 月，湖南省委派他兼任平（江）浏（阳）特委书记，领导发动了平江农民暴动。1928 年初，任中共湖北省委常委，协助省委书记郭亮参与省委领导工作。由于叛徒出卖，同年 3 月 18 日被敌人逮捕。3 月 20 日清晨，他被敌人押送到汉口余记里刑场。当敌执行官问他还有什么话要说时，他大声说：“有，给我拿纸笔来！”遂写下了那首大义凛然的就议诗：“砍头不要紧，只要主义真。杀了夏明翰，还有后来人！”英勇就义，年仅 28 岁。

国歌里的感动与激情
——聂耳

诗里说
旗波里有烈士的血光
大海里有斗士的鼓声
田野里有英雄的笑貌
除夕的爆竹里有火炮的轰鸣
但那些是虚构和想象
唯独你
把诗写在国旗上
生生动动
一百年不老
一千年不朽
读你诗的人
肃穆而严整
你在仰望与敬畏里站立

就是那些由普通数字
组成的方阵
就是那些由脱口而出的话语
排列的神秘精灵
在那个特殊年代
在那个特殊时刻
这首歌成了第二统帅

一挥手
黄河、长江聚拢起，怒浪
昆仑、泰山聚拢起，杀声
连梭镖 铁矛都冲出茅屋 田垅
连石头都飞起 霹雳雷霆

这首歌之前
大刀梭镖是散放着的
石头木棒是无灵性的
这首歌之后
民众如潮，向邪恶奔突
干柴烈火，向敌人冲锋
人民从来没有今天伟大
军队从来没有今天义勇
歌声里，太阳旗折戟沉沙
歌声里，南京王朝也敲响了丧钟

“起来不愿做奴隶的人们”
是呼号，是提醒
“把我们的血肉筑成我们新的长城”
是奋斗，是牺牲
我们应声而去
我们授命前行
她在我们的仰望里放大，放大
她在我们的血液里，灵魂里，上升，上升

一代一代
目光投向你——二十三岁的青春
一辈一辈
身心拥抱你——音乐圣坛的精英

你在国歌中站立
是民族不倒的象征

诗歌背景墙

聂耳（1912—1935）男，汉族，云南省玉溪县人，中共党员。聂耳 1928 年加入中国共产主义青年团。1930 年到上海，参加反帝大同盟，并积极投身中国共产党领导下的革命文艺活动。1933 年初加入中国共产党。在此后的两年中，聂耳为歌剧、话剧和电影谱写了《新女性》《开路先锋》《大路歌》《前进歌》《毕业歌》等主题歌，在全国广为传唱，对激发民众开展抗日救亡运动起了积极作用。他所编写的《金蛇狂舞》《翠湖春晓》等乐曲，深受人们喜爱。1935 年，聂耳为电影《风云儿女》所作主题歌《义勇军进行曲》，反映了民族危亡时，中华民族万众一心，团结御侮、奋勇抗争、一往无前的伟大的爱国主义精神，激发了中国人民与日本侵略者血战到底的英勇气概。这首作品一经诞生，立即在祖国大地上到处传唱，奏响了挽救民族危机的时代最强音。聂耳的音乐创作引起了反动当局的恐慌和仇视。他按照党组织的决定离开上海，取道日本去苏联。1935 年 7 月，在日本不幸溺水身亡，年仅 23 岁。1949 年 9 月，中国人民政治协商会议 第一届全体会议确定《义勇军进行曲》为代国歌。1982 年 12 月，中华人民共和国第五届全国人民代表大会第二次全体会议确定《义勇军进行曲》为中华人民共和国国歌。

军中男儿林中的“女儿花”
——郭俊卿

关于你的传奇故事
是从爷爷的烟袋锅上听到的
是从奶奶的纺线车上听到的
一个大姑娘
在男人群中摸爬滚打 5 年
太阳没有发现
月亮没有发现

你是为父报仇才来的
这仇不共戴天
你才隐瞒了如花的面容
你才忍受了“女人”的委屈

不知道
那些难堪的日子怎么熬过
睡觉
脱衣
洗澡
如厕
5 年 1825 个，日日夜夜
1825 个“女人”的秘密

你都从容地掩盖了
为了一个“仇”字

这个天方夜谭的神话
古代有
是一个名叫花木兰的女子谱写
抗日战争也有
是你也写得天衣无缝
两个传奇都发生在中国
这是不是黄种人的骄傲

诗歌背景墙

郭俊卿（1931—1983）女，汉族，辽宁凌源县人，中共党员。郭俊卿出生在一个贫苦农民家庭。1945 年，为了给被地主恶霸杀害的父亲报仇，她隐瞒自己的真实性别，将自己年龄报大两岁，用假名郭富参军。1947 年 6 月加入中国共产党。先后当过通信员、警卫员、班长、文书和副指导员。在艰苦的战争岁月，她女扮男装 5 年之久，和男同志一样，冲锋陷阵，鏖战疆场，被誉为“现代花木兰”。她工作积极，作战勇敢。一次，首长让她 4 小时之内，将命令送到 30 公里外的部队。天黑路险，她骑马在大山沟里奔驰，提前完成任务。在返回的路上，马已累死，她背着马鞍，走了三四公里路回到驻地。1948 年初，她调到战斗班任班长。不久平泉战斗打响，她带领突击班，担负夺取城东第二道山梁的任务。敌人发起反冲锋，她带领战友同敌人展开白刃格斗，最终取得胜利。1950 年 4 月，劳累过度的郭俊卿生病住进医院，被医生发现了女儿身。同年 9 月，她作为特等女战斗英雄，出席了全国战斗英雄代表大会。后来，转业到地方工作，先后担任过山东省青岛第一服装厂厂长、山东省曹县民政局副局长等职。1981 年离休。1983 年 9 月病逝于南京。

南京，雨花石上的血光
——续范亭

我知道
你是个血性刚烈的汉子
你从汾河湾的涛声中走来
迎着晋西高原的长风
在你身后
有一支为革命远征的队伍
正迎着袁世凯的刀枪行进

秋天，一个不容忽视的季节
你呼号血泪浸泡的田野
不能沉睡
你呼号炮火笼罩的远山
不再默不作声
你疾呼国民党的枪林炮阵
对准日冠的前额
你上书南京蒋介石政府
修改“攘外必先安内”的方针
一纸谏言全作废纸
你啊
不再做沉默的火山

那天啊

秋风刮过中山陵的台阶
鸟儿依旧飞旋鸣啭
你来到中山陵广场
有了悲壮的一举
抽刀剖腹
以示高天

那血啊
殷红火热
石阶皆染
本已璀璨的雨花石更加多彩
本已盛开的牡丹花更加烂漫
你的血大写警示
你的血大写上谏
更是你的明志
激励民众的宣言

雨花石上的血没有干枯
它变作一个人的站立
目睹了一个王朝的覆灭
饱览了雄狮百万
直到今天
瞻仰中山陵的脚步仍在那里停留
寻觅一摊血播下的光焰

诗歌背景墙

续范亭（1893—1947）男，汉族，山西省崞县人，中共党员。续范亭早年参加孙中山领导的同盟会。1911 年辛亥革命时，任山西革命军远征队队长，后组织西北护国军，讨伐袁世凯。1925 年前后，任国民军第 3 军第 2 混成支队参谋长、第 6 混成旅旅长等职。1935 年秋，赴南京参加国民党五大。他一路奔走，呼吁抗日救国。但蒋介石政府顽固坚持“攘外必先安内”的方针，拒不纳谏。他在中山陵前剖腹明志，激励全国人民的抗日热情。1937 年 9 月，任第二战区民族革命战争战地总动员委员会主任委员。1939 年，阎锡山发动十二月事变，密谋消灭西北抗日武装时，他亲赴八路军第 120 师第 358 旅通报情况，研究对策，并担任山西新军临时总指挥部总指挥，参与指挥反击国民党顽固派的战斗。1940 年起，任山西新军总指挥部总指挥、晋西北边区行政公署主任。同年 11 月，任晋西北军区（后改称晋绥军区）副司令员。1940 年冬，日军对晋西北根据地实行残酷的“大扫荡”，他率行署机关日夜转战积劳成疾，终于病倒。1941 年 5 月，赴延安等地疗养。1947 年 9 月 12 日，病逝于山西临县。9 月 13 日，中共中央追认他为中国共产党正式党员。

在我记忆的深处
——彭 湃

红领巾在我的胸前
打结的年龄
就知道了你
你从海陆丰广袤的大地上
一抬脚
走进我的课本里
由你
我想到涛飞浪卷的大海
因你的名字叫——彭湃

在记忆深处
有无数稻田举着旗帜和火把
梭镖 大刀 锄头和镰刀
潮水般涌向野草杂生的土路
有一个身穿灰色对襟上衣的叔叔
站在土堆之上
月的寒风撕扯他的激昂
“乡亲们，土地是我们的，政权也是我们的
伪政府只会吸我们的血
只有共产党才是我们的靠山！”
之后
一块“海陆丰苏维埃政府”的牌匾

挂在祠堂的大门上

从那时起
农潮，农运总和你连在一起
激情，浪漫总和你连在一起
有时，和你在梦里相逢
真想和你游进澎湃的大海

长大了才明白
你的力量之所在
原来你心中装着农民，装着中国的命运
农民苦啊，他们是中国的希望之根
你从广州农讲所擎回一支火把
要撕裂闽粤的黑暗天空
你呼应湖南秋收起义的号角
又遵从“八七会议”的指令
南昌城头的第一声枪声里
窥见你奔走呼号的身影

直到后来的绵长岁月里
我从南方的一个纪念馆里
目睹了你的面容
你在《国际歌》的悲怆里走了
你在“中国共产党万岁”的壮烈中走了
留给我一生的浪漫与激昂
澎湃的另一种意境

诗歌背景墙

彭湃（1896—1929）男，汉族，广东省海丰县人，中共党员。中共第五、六届中央委员，临时政治局委员，第六届中央政治局委员，中央军委委员。

彭湃 1918 年入日本早稻田大学政治经济科学习，积极参加中国留学生的反帝爱国活动。1921 年 5 月回国，不久参加中国社会主义青年团，后长期在广东从事农民运动。1924 年转为中国共产党员。7 月，在广州创办农民运动讲习所，曾担任第一届和第五届农民运动讲习所主任。1927 年 3 月，任中华全国农民协会临时执行委员会秘书长。大革命失败后，参与领导“八一”南昌起义，南下广东后，任东江农民自卫军总指挥。“八七”会议上被选为中央临时政治局委员。同年 11 月，领导了海陆丰农民武装起义，建立海陆丰苏维埃政权，任中共东江特委书记。1928 年 11 月起，被选为中央政治局委员，并赴上海任中央农委书记。后任中央军委委员、中共江苏省委常委。因叛徒出卖，于 1929 年 8 月 24 日被捕。在敌人严讯逼供中，他始终坚贞不屈，大义凛然。1929 年 8 月 30 日，他与被捕的战友们一起高唱《国际歌》，呼喊着“打倒帝国主义！”“打倒汉奸卖国贼蒋介石！”“中国苏维埃万岁！”“中国红军万岁！”“中国共产党万岁！”等口号，走向刑场，英勇就义。

那林海，那雪原
——杨子荣

高唱“穿林海，跨雪原”
那激越壮怀的京腔之后
心，走下舞台
走下锣鼓激越的敲击

剥落夸张虚构的言辞
回到林的浩渺雪的冷峻
追寻夹皮沟的风涛浪吼
敲开“座山雕”的老巢门禁
才发现一个原来生动的原型
一个名叫“杨宗贵”的山东汉子
凸现在历史的天幕上
13 岁随父母闯关东
熟读了日本帝国主义的铁蹄之恨
鸭绿江的浪花霜雾
鞍山辽阳的深山矿石
三教九流的里里外外
行帮地痞的行规礼仪
他都熟烂如泥

他当兵了
战士，班长，侦察排长

是个叮当响的战斗英雄
这些经历成就了他智擒“座山雕”的传奇
25 个土匪的罪恶跟随“座山雕”的亡魂
一同埋在夹皮沟的杂草乱石堆里

历史的真实
成就了伟大的艺术之塔
杨子荣风光了整整 50 多年
占据了八分之一的艺术舞台
可杨宗贵却躲在背后
做了无名小卒，无声无息
这也许是艺术的规律
艺术的最高境界
必然有真实生活做重大的根基

诗歌背景墙

杨子荣（1917—1947）男，汉族，山东省牟平县人，中共党员。杨子荣 13 岁时随父母闯关东，先后在鸭绿江上当船工，在鞍山、辽阳一带当矿工，因此对东北三教九流、风俗人情、行帮黑话等都有所了解。1943 年春，因反抗日本工头，被迫跑回山东老家。1945 年参加八路军。同年 10 月随部队开赴东北，被编入牡丹江军区第 2 团某部炊事班当战士，不久调到战斗班当班长。1946 年 1 月加入中国共产党。由于在战斗中的突出表现，荣立特等功，并被团里评为战斗英雄，后提升为侦察排排长。1947 年 1 月下旬，所在部队得到号称“座山雕”的匪首张乐山在海林县内活动的线索，遂派他带 5 名战士化装成土匪吴三虎的残部前去侦察。杨子荣等人到达夹皮沟的山林中，几番巧妙地与“座山雕”的坐探接触，经过用黑话联络，取得了土匪的信任，打入其隐居地。2 月 7 日，一举将“座山雕”及其联络部长刘兆成、秘书官李义堂等 25 个土匪全部活捉，创造了深入匪巢以少胜多的战斗范例。为此，团里给杨子荣记了三等功。同年 2 月 23 日，在继续追剿丁焕章、郑三炮等匪首的战斗中英勇牺牲。东北军区司令部追授他“特级侦察英雄”的光荣称号，其生前所在排被命名为“杨子荣排”。

怀念那一片青纱帐
——节振国

六十多年了，我的家乡
那一片一片如海汪洋的青纱帐
还能找到一个人的足迹
依稀听到大刀的嘶鸣
那鳞次栉比 比肩耸立的矿井
那矿车飞驰的财富河流
都在昭示着昨天
昭示着一个并没有走远的背影

大刀抵住胸膛的年代
为了冀东人的生存
热血溅出火星
他——来自异地的矿工
一下子变成唐山，变成开滦煤矿的主人
枪弹雨中他挺身站到
呼吸被挤压的巷道里
招呼煤矿深处的“黑脸弟兄”
拿起铁镐，钢钎和锤子
冲破黑暗发臭的牢笼
和日伪军决一死战

那壮烈

那痛快
那潇洒
那浪漫
咔嚓
咔嚓
咔嚓
咔嚓
像镰刀割玉米大豆高粱
敌人的头颅纷纷落地
狼烟倒退十里
日伪胆战心寒

于是
他的名字响遍千里青纱帐
他的大刀耀亮冀东大平原

他走后的月月年年
我每次踏进家乡的田垅
我每次走进矿区的暖屋商店
都寻觅他的身影
大脑的荧光屏上
演播大刀的狂舞曲
青纱帐里的地雷战

我亲吻浴血的青纱帐啊
一株一丛扎根于挥之不去的昨天……

诗歌背景墙

节振国（1910—1940）男，汉族，山东武城县人，中共党员。节振国10岁时随父兄逃荒到开滦赵各庄开滦煤矿，14岁起进矿当工人。1938年3月，开滦煤矿爆发了声势浩大的罢工运动，节振国被推举为赵各庄矿工人纠察队队长。5月6日，大批日伪宪兵搜捕节振国等工人领袖。搏斗中，他夺过日本宪兵队长的军刀，当场劈杀日本宪兵队长和数名日伪军，冲出敌人的包围和追捕，负伤脱险。不久，他率部加入冀东抗日联军李运昌部，被编为冀东抗联第2路司令部直属特务第1大队，任大队长。1938年7月起，节振国率领部队活跃在矿区和广大农村，发动矿工参加抗日武装，神出鬼没地打击日伪军，威震冀东。在工人特务大队的号召和鼓舞下，工人抗日声势日益浩大，由赵各庄扩展到开滦煤矿各矿区，3000多名工人先后参加了抗日队伍。节振国率领工人特务大队和日伪军数次激战，两度收复赵各庄、唐家庄矿区，有力地支援和配合了冀东地区的抗日斗争。在党的领导下，节振国率领的工人特务大队越战超强，后改编为八路军第12团1连，为开辟冀东抗日新局面作出了重要贡献。1939年秋，节振国加入了中国共产党。1940年8月1日，他率部与日伪军作战时，壮烈牺牲，时年30岁。

读你，就是读哭泣着呐喊的中国
——鲁迅

翻读你的散文
像掀动压在身上的石板
翻读你的杂文
像挑选锃亮的投枪
翻读你的诗歌
像选中一剂灵妙的中药
翻读你的小说
像游进百态具生的“万花筒”
一个多面的
立体的
腐臭的
百孔千疮的
愚昧的
沉睡的
旧中国
在我们面前呻吟，喘息

千谢万谢你啊
在那个年代
在那个时刻
你把手术刀换成毛笔
某种意义上讲

是把听诊器换成投枪利剑
杀向无敌之阵

中国，病入膏肓的中国
啥样的灵丹妙药才能医顽
你在樱花盛开的岛国
远远透视
终于找到一个“穴位”
找到一种“灵药”
你毅然决然弃医从文
制造精神的圣药
输入中国庞大而繁复的病体

我们听润土讲述故乡的变迁
我们听祥林嫂呼唤阿毛的哀声
我们看阿 Q 和小尼姑调情的尴尬
我们看《狂人日记》的疯话梦呓
一个没落待哺的中国
让我们警醒，不再沉迷

这哪是虚构的小说，夸饰的散文
分明是血淋淋的现实
还有“横眉冷对千夫指
俯首甘为孺子牛”的名言
足够哺育华夏的万代子孙

从历史的风烟中走来的
是一个伟岸的身躯
在风雨雷电中锻打的
是一颗不屈的灵魂

斗士
旗手
文学大师
民族魂
多少桂冠封给你
都不为过
因为你的骨头最硬
因为你的精神与日月同在
与山河共存

诗歌背景墙

鲁迅（1881—1936）男，汉族，原名周树人，浙江省绍兴县人。我国伟大的文学家、思想家、革命家。鲁迅早年就读于南京江南水师学堂、矿务铁路学堂。1902 年赴日本留学学医，后放弃医学救鲁迅国思想，为改变国民精神转而志向文学。1918 年 5 月，第一次以“鲁迅”为笔名发表白话小说《狂人日记》。参加《新青年》编辑工作，结识李大钊、陈独秀等人。1926 年，参加北京“三一八”反帝爱国运动。8 月被北洋军阀政府通缉离京，先后在厦门大学、广州中山大学任教。1927 年 10 月到上海，不顾国民党反动派当局的迫害，从事革命文艺运动。1930 年参与发起成立中国左翼作家联盟，任常务委员，与瞿秋白一起领导左翼文艺运动。1933 年，任中国民权保障同盟执行委员，与宋庆龄等一起为营救共产党人和爱国人士而斗争。他一生创作了大量小说、散文、杂文、诗歌等作品，如《祝福》《阿 Q 正传》《呐喊》《彷徨》《朝花夕拾》等。他的作品被译成英、日、俄、西、法、德等 50 多种文字。他以笔为武器战斗一生，被誉为“民族魂”、“现代文学的旗帜”，是中国现代文学的奠基人。毛泽东评价他是中华文化革命的主将。“横眉冷对千夫指，俯首甘为孺子牛”是他一生的写照。北京、上海、广州、厦门等地先后建立了鲁迅博物馆、纪念馆等。

罗汉岭上，一篇自白的终结
——瞿秋白

历史留给我们的只是一页纸
那纸上只写着——牺牲
还有已远去的泪水
和最后的呼喊
亦如海啸
亦如雷鸣

那年 9 月 18 日
福建长汀，罗汉岭的坡下
缉押的枪口下
你从容站定
你认定脚下萧瑟的青草地
就是坦然的归宿
武夷山已脱下经冬的雪帽
眼前的汀江缓缓奏出哀鸣
“就在这儿吧！”
昂首面对红眼的狰狞

此时，那篇《我的自白》书
轰然展开
展开一位共产党人的赤诚胸怀
本来

他很有才华，英气飞扬
理想和报负使他在大地上奔走
他加入“五四”的呐喊
不是只为自己的吃穿
和陈独秀、李大钊亲密接触
是探寻一条通向自由，光明的道路
还记得“八七”紧急会议吗
那是至关生死存亡的会议
那是放下锄头拿起枪杆子的会议
那是你不断头他就断头的会议
他坐在主席台上
面对革命精英们发话
会议之后
南方的土炮，梭镖，火铳
一同举向田野
北方的镐头，锄头，大刀
一同涌向战壕
暗夜被他撕开一个口子
之后
他来到黄浦江畔
和鲁迅一起喝茶
搅动新文化运动的风云

革命，是他饥饿后的选择
他把自己的肉体连同灵魂
埋在与共和国同生共死的路上
一个南方书生的命运终结了
留给我们的思考
不仅仅是感动……

诗歌背景墙

瞿秋白（1899—1935）男，汉族，江苏省常州市人，中共党员。他是中共第四届、五届、六届中央委员、中央政治局委员，中央临时政治局委员、常委，中央临时政治局主席。瞿秋白1919年“五四运动”时参加领导北京的学生爱国运动。1920年初，参加马克思主义学说研究会。后以记者身份赴苏俄采访。1922年加入中国共产党。大革命失败后，主持召开“八七会议”，确定了党的土地革命和武装反抗国民党反动统治的总方针。会后任中央临时政治局主席，主持中央工作。1928年6月，出席党的六大，随即参加共产国际六大，后担任中共中央驻共产国际代表团团长。1931年起，在上海同鲁迅一起领导左翼文化战线的斗争。1931年后，任中华苏维埃共和国中央政府教育部部长等职。1934年初进入中央革命根据地。中央红军主力长征后，留在南方坚持游击战争，任中共苏区中央分局宣传部部长。1935年2月，在福建长汀转移途中被捕，敌人采取各种手段对他利诱劝降，都被他严词拒绝。6月18日临刑前，他神色不变，坦然走向刑场后，沿途用俄语高唱《国际歌》《红军歌》。到刑场后，高呼“中国共产党万岁”“共产主义万岁”等口号，英勇就义。

江南一叶，魂归黑茶山
——叶挺

我们有一百个理由
问罪黑茶山
我们有一千个理由
问罪山上的那团乌黑的云
为什么夺走他的生命
该死的黑茶山

我用拳头捶打山上的岩石
我用呼喊咒骂笼罩的云团
我叹息
我扼腕
为什么夺我“江南一叶”
他可是“铁军”中英雄的英雄啊

就是在 4 月 8 日
这个千诅万咒的该死的日子
就是这位北伐中的风云猛将
南昌八一起义的前敌总指挥
广州起义的总司令
新四军的一军之长
他刚刚从皖南事变的危急中脱身呀
蒋介石的威逼利诱没能奈何他

铁窗的严刑拷打没能奈何他
可是，飞机突然失事
却夺去了他生命的灿烂

那是 3 月 4 日
他刚刚走出蒋介石的牢狱
5 日 他致电党中央
要求重新加入中国共产党
党中央 7 日复电接受他的申请
一个月，整整一个月
这位共产党的老兵“新成员”
心中的暖意正热
胜利的喜悦正酣
他却突然消失
留给天地一个最大的遗憾

我本想用诗追述他的经历
但我已找不到最恰当最动听的语言
在他面前
任何语言都显得苍白和无助
任何手法和技巧都显得弱不经弹
此时
我脱下军帽，俯首
向着黑茶山
敬礼
送上一位老兵的无限敬仰，无尽思念

诗歌背景墙

叶挺（1896—1946）男，汉族，广东省惠阳县人，中共党员。叶挺 1918 年毕业于保定陆军军官学校，1919 年参加孙中山领导的粤军，同年加入中国国民党，1924 年加入中国共产党，同年秋被派赴苏联学习。1925 年 8 月回国，参与组建以共产党员、共青团员为骨干的第 4 军独立团，任团长。独立团成为中国共产党直接掌握的一支重要武装力量。1926 年参加北伐战争，他率部勇往直前，连战皆捷，屡建战功，被誉为“北伐名将”，所部被称为“叶挺独立团”，为 4 军赢得“铁军”称号。南昌起义时，担任前敌总指挥。广州起义时，担任起义军总司令。抗日战争爆发后，出任新四军军长。1941 年 1 月，国民党顽固派制造震惊中外的皖南事变。在遭国民党军重兵包围的严重情况下，指挥部队奋起突围，浴血奋战 8 昼夜。在与国民党军交涉时被扣押。面对蒋介石的威逼利诱，他坚贞不屈。抗战胜利后，经中共中央营救，于 1946 年 3 月 4 日获释。5 日即致电中共中央，要求重新加入中国共产党。中共中央于 7 日复电，称赞他忠诚地为中华民族解放与人民解放事业进行了 20 余年的奋斗，经历种种考验，决定接受他入党。4 月 8 日，叶挺由重庆赴延安途中飞机失事，在山西兴县黑茶山遇难。

华夏民族的英魂
——吉鸿昌

春天的花朵依然开放
冬天的雪花照旧飘飞
它们不管多大的英雄倒下
四季轮回
阴晴雪雨
无悲无哀

在晴朗的阳光下
读一个人，一个民族英烈的履历
只有心头笼罩一团乌云
卷过心的天空
阵惊，阵悲，阵喜
用心潜进那个年代
用心去翻检历史的碎片
那么多光荣与高尚
那么多慷慨与悲壮
倒影在生活的大墙上

这部写在战争大书上的通典
每一章每一节都精彩绝伦
今天的人们难以享受也难以理解
但它是必需的，良心的搏战

它是客观的，正义的义举
当日本帝国主义的罪恶刀枪
闯进我们的家园，践踏青青的草
捣碎我们的米锅和饭碗的时候
哪一个中国的男人袖手旁观
身为蒋介石部下的他
已看出蒋大人的叵测之心
就在奉命“围剿”红军的路上
他悄悄掉转了枪口
从此也扭转了他的军旅生涯

于是，他把“师座”的大檐帽
甩在回国的火车轮下
变卖了家里的所有财产
让它们变成抗日的雷火，刀枪
他秘密加入了有一面光荣旗帜的组织
只有这时，他的抗日热情才得以发挥
他成了叱咤风云的猛将

和其他烈士一样
他也是战功赫赫之后
他也是高呼壮语之后
不过，他是老上级蒋介石亲自下的“死令”
就在 15 年之后
共产党，八路军
也为蒋介石发出了“逐客令”

诗歌背景墙

吉鸿昌（1895—1934）男，汉族，河南省扶沟县人，中共党员。吉鸿昌 1913 年入冯玉祥部，因骁勇善战，屡立战功，从士兵递升至军长。1930 年 9 月，吉鸿昌所部被蒋介石改编后，任第 22 路军区总指挥兼第 30 师师长，奉命“围剿”鄂豫皖革命根据地。因对”围剿”红军态度消极，1931 年 8 月，被蒋介石解除兵权，强令其出国“考察”。1932 年 1 月吉鸿昌回国后，联络与发动旧部，为抵抗日本侵略奔走呼号，并毁家纾难，变卖家产购买枪械，组织武装抗日。1932 年秋，在北平秘密加入中国共产党。1933 年 5 月，吉鸿昌任“察哈尔民众抗日同盟军”第 2 军军长、北路军前敌总指挥兼察哈尔警备司令，随即率部进攻察北日伪军，连克康保、宝昌、沽源、多伦四县，将日军驱出察境。1934 年 11 月 9 日，吉鸿昌在天津法租界被军统特务暗杀受伤，遭法租界工部局逮捕，并引渡给北平军分会。敌人使出种种手段，迫害逼供。吉鸿昌大义凛然地说：“我能够加入革命的队伍，能够成为共产党的一员，能够为我们党的主义，为人类的解放而奋斗，这正是我毕生的最大光荣。”11 月 24 日，经蒋介石下令，被杀害于北平陆军监狱。

另一战场上的斗士
——肖楚女

在炮火连天的战场之外
还有另一个战场
一支笔里装着液体的"火药"
同样有惊天撼地的力量

肖楚女 这个在19世纪中国的文坛上
叱咤风云的名字
在《向导》《中国青年》杂志上
常有他的惊世之作，如雷晴空炸响

当国民党以华丽的外衣蛊惑人心
当军阀，污吏中饱私囊
他犀利的笔锋当即戳穿
揭开国人眼前的迷障

反动派惧怕见到他的名字
国民党当局害怕他的文章
他的文章"字夹风雷"
每一篇都指向落日，宣判死亡

枪炮杀敌，可以以数计算
笔墨杀敌，难以数字计量

他用正义与良心筑成的心灵防线
足可以抵挡虚拟的雨骤风狂

诗歌背景墙

肖楚女（1893—1927）男，汉族，湖北省汉阳县人（现湖北省武汉市蔡甸区），中共党员。肖楚女1919年参加五四爱国运动。1922年8月加入中国共产党，同年11月创办重庆公学。1923年6月，担任《新蜀报》主笔，该报每天刊出的政论或社论，绝大多数出自他的手笔。同时，他经常给《向导》《中国青年》撰稿。他的文章，笔锋犀利，战斗性很强，不是“指责土酋军阀”，就是“痛骂贪官污吏”，连反动派所控制的报刊也不得不赞叹他的文章是“字夹风雷，声成金石”。1924年8月，肖楚女任中共中央驻四川特派员，领导重庆社会主义青年团和四川的革命斗争。10月组织四川平民学社，并出版刊物《嫏光》。1925年6月戴季陶主义出笼后，专门写成《国民革命与中国共产党》一书，批驳戴季陶对共产党的攻击和污蔑。他还撰文开展了对国家主义派的批判。1926年1月后，肖楚女去广州先后担任国民党中央宣传部干事兼中国国民党政治讲习班教授、国民党中央农民运动委员会委员、第二届青年训育养成所讲师、妇女运动讲习所讲师、黄埔军校政治教官、黄埔军校国民党特别党部宣传委员会政治顾问等职。1927年4月15日，肖楚女在广州被国民党反动派逮捕，4月22日在狱中被杀害，年仅34岁。

他来自“金达莱”的故乡

——郑律成

黄土地的信天游，秧歌调
吸引了他的心，导引了他的脚步
他一脚跨过鸭绿江的波涛
投入黄河，长江悲怆的音韵中
他挥舞音乐的神圣教鞭
深深爱上了不是生他养他的“祖国”

他来到时，延安，革命的圣地
还不被外界所知
这里的长官和士兵一样开荒种地
以自己的“奶汁”养育自己
他们在窑洞里描绘未来的中国

他借信天游的悠扬
陕北激越的锣鼓节拍
把延安的山水，谷物，军情
填进数字排列的格式里
于是，延安，在陕北之外的天空飞扬

远在白山黑水的农民知道了延安
远在草原戈壁的维族知道了延安
远在海岛椰林的樵夫知道了延安

远在矿山深巷的矿工知道了延安

延安火了
在一支《延安颂》的歌曲里
唱红了整个中国……

诗歌背景墙

郑律成（1918—1976）男，出生于朝鲜全罗南道光州，中共党员。郑律成1933年春来到中国，在南京、上海等地从事抗日活动。全国抗战爆发后，先后进入陕北公学和鲁迅艺术学院音乐系学习。1938年8月被分配到中国人民抗日军政大学政治部任音乐指导。1939年1月加入中国共产党。在延安期间创作出许多重要作品，歌曲《延安颂》一经问世便迅速由延安传遍全国。1939年秋，和诗人公木创作了著名的《八路军进行曲》，同年冬，由鲁迅艺术学院在延安中央大礼堂首次演出，获得成功。1940年夏，《八路军进行曲》刊登于《八路军军政杂志》，随即在八路军各部队和各抗日根据地广为流传，成为传唱极广的人民军队战歌。解放战争时期改为《中国人民解放军进行曲》。1988年7月25日，中央军委发布命令，将其确定为中国人民解放军军歌。1950年定居北京，加入中国籍。1950年12月，作为中国人民志愿军创作组成员赴朝鲜前线，和其他同志合作谱写了《亲爱的军队亲爱的人》《中国人民志愿军进行曲》《志愿军十赞》。此后，在北京人民艺术剧院、中央歌舞团、中央乐团从事音乐创作。他深入工厂、农村、边防，谱写了大量的音乐作品。1976年12月7日，郑律成在北京逝世。

五月的红枫林
——贺 英

生前 没留下一张照片
画家采集桑植的山水风貌为她造像
根据她组建地方武装追杀恶霸的风采
画眉点睛
又依据她动员民众闹翻身的动姿
勾描出她敦厚慈祥俊美的脸庞

有时，她走在贺老总的身前
拉起由泥腿子组成的爆动队伍
和恶霸豪绅争个高下
有时，她走在贺老总的身后
出谋划策指点迷津
把大豪绅朱海珊送上西天

她曾组织一千人的武装
加入红军浩荡的队伍
也曾把筹集的粮食，布匹，弹药
送到湘鄂西的大后方
她的每一次心跳都和红军连在一起
她的每一滴血液都为解放而流淌

贺老总率部开赴洪湖

她依然坚守缺衣少粮的游击岁月
信念一如钢铁，不曾软弱
当红军正在祁连山艰难跋涉
她却告别了头顶闪闪的红星
五月的红枫林啊
传来她最后的歌唱

诗歌背景墙

贺英（1886—1933）女，汉族，湖南省桑植县人。1906 年，贺英和丈夫组建起一支专与恶势力抗衡的地方武装。1916 年，她支持贺龙杀死盘剥农民的桑植县大豪绅朱海珊，赶走贪赃枉法的知县陈慕功。1922 年，丈夫被杀害后，她接过丈夫手中的枪，率领地方群众武装，抗官府、杀豪绅、打土匪、救穷人，开始了更加顽强的斗争。1928 年春，贺龙、周逸群等受中共中央指派到湘鄂西组织群众暴动，开展武装斗争，开辟革命根据地。贺英得信后，即刻将群众武装 1000 多人的队伍交给贺龙、周逸群等。从此，她参加了工农革命军的行列，并参加了桑植起义，为建立湘鄂西革命根据地作出了重要贡献。同年 10 月，工农革命军在石门受挫，贺龙率部退到桑鹤边界休整，处境十分艰难。她自己几次负伤，但仍多方筹措，亲自带游击队，给工农革命军送棉花、棉布、银圆和子弹。1929 年 10 月，红军在庄耳坪战斗失利，她率游击队去战地做善后工作。1930 年春，贺龙率红军主力东下洪湖，贺英率游击队留在湘鄂边根据地，配合红军主力，坚持游击战争。1932 年反“围剿”后，国民党军和地方武装四面包围根据地，贺英率部苦苦坚持。1933 年 5 月 5 日深夜，因叛徒告密，游击队驻地被包围，战斗中，贺英中弹壮烈牺牲，时年 47 岁。

共和国诞生前的鸣奏之声
——董存瑞

在隆化，在桥头堡
有一尊永不会消失的雕像
他不是雕塑家的杰作
他是勇敢与智慧的凝合
战争的自然产物
只有在那个年代
那个特殊的场景
由那个特殊的人格
创造出的活的带着轰鸣的
大爱
大美
大勇的造型
我相信，轰鸣如雷炸的声音
传得很远很远
上自九天霄汉
下至亿万颗心灵
那爆炸之声不仅仅开辟了进军
的通道
是不是也是为新中国的诞生
提早放响的礼炮

我坚信，在天安门广场

28 响礼炮的轰鸣中有它的成分
那英武雄奇的钢铁大军里有他的身影
就是他那顶天立地的惊泣鬼神的英姿
足以让旧中国所有的邪恶与黑暗统统消遁

诗歌背景墙

董存瑞（1929—1948）男，汉族，河北省怀来县人，中共党员。董存瑞出身于贫苦农民家庭。抗日战争时期，当过儿童团长，曾机智地掩护区委书记躲过侵华日军的追捕，被誉为“抗日小英雄”。1945 年 7 月参加八路军，任某部 6 班班长。1947 年 3 月加入中国共产党。他军事技术过硬，作战机智勇敢，在一次战斗中只身俘敌 10 余人。先后立大功 3 次、小功 4 次，获 3 枚“勇敢奖章”、1 枚“毛泽东奖章”。1948 年 5 月，我军攻打隆化城的战斗打响。他所在连队担负攻击国民党守军防御重点隆化中学的任务。他任爆破组长，带领战友接连炸毁 4 座炮楼、5 座碉堡，胜利完成了规定任务。连队随即发起冲锋，但突然遭到敌人一隐蔽的桥形暗堡猛烈的火力封锁，部队接连两次对暗堡爆破均未成功。董存瑞挺身而出，向连长请战：“我是共产党员，请准许我去！”连长批准了他的请求。他毅然抱起炸药包，冲向暗堡，前进中左腿负伤，顽强坚持冲至桥下。由于桥型暗堡地面超过身高，两头桥台又无法放置炸药包。在部队攻击受阻的危急关头，他毫不犹豫地用左手托起炸药包，右手拉燃导火线，高喊：“为了新中国，冲啊！”敌人碉堡被炸毁，董存瑞以自己的生命为部队开辟了前进道路，牺牲时年仅 19 岁。

草地青青，青青草地
——龙华 24 烈士

就在我们的脚下
这片生气勃勃的草地
草儿过早地青青
花儿过早地艳红
鸟儿自由地觅食
风儿自由地吹拂
这些会呼吸会言语的植物动物
或许不知道
是何种缘故
它们才有了今天自由地呼吸
自由地放飞

青草的父辈祖辈们知道
鸟儿的父辈爷辈们记得
九十年前的 2 月 7 日的凄风苦雨里
在这片荒草乱石的土地上
上演了一场人间悲剧
一群身遭酷刑
但英气非凡的青年男女
在枪声中依次倒下
鲜血浸透了青草的根
那血，慢慢地流淌

殷红，闪亮
流成一条河流，泛起霞光的涟漪
男人，双拳还紧紧握着
愤怒还在继续
女人用手扯住红纱巾
不忍撒手爱情的甜蜜
他们
她们
都很年轻
像刚刚抽枝的白杨树
像刚刚含蕾的红玫瑰
他（她）的灵魂
交给了
草地青青
青青草地

我数了数
草地上的英雄之花共有 24 朵
24 朵英雄之花映照天地
他们携手打扮这里的春天啊
青草地
春色无边
春风习习

草地青青
青青草地……

诗歌背景墙

1931 年 2 月 7 日深夜，在上海市郊龙华，24 位革命者被秘密集体枪杀于国民党淞沪警备司令部院内的荒地上。他们是中国共产党的重要干部、工会活动家、著名作家、红军干部和革命青年。他们是：林育南、李求实、何孟雄、龙大道、欧阳立安、恽雨棠、李文、王青士、柔石、胡也频、殷夫、冯铿、罗石冰、阿刚、汤士伦、汤士佺、彭砚耕、费达夫、蔡博真、伍仲文、李云卿、贺志平、刘争、刘贞。他们是在 1 月 17 日至 21 日的大搜捕中被捕的。先被关押在国民党上海市公安局，后解往龙华国民党警备司令部监狱。在狱中，他们意志坚定，团结斗争，挫败了敌人的严刑拷打和种种诱降，保守了党的秘密，保卫了党的组织，表现了共产党员的大无畏气概和革命乐观主义精神。虽然狱外党组织多方营救，宋庆龄、何香凝、杨杏佛等领导的保障民权大同盟也向国民党当局抗议，要求释放，但国民党不顾社会舆论的谴责，在一无所获后仍将他们集体枪杀。烈士们牺牲后，鲁迅写下著名的七律《无题》后，发表了《中国无产阶级革命文学和前驱的血》，表达对烈士的深切怀念和对国民党暴行的强烈抗议。1949 年上海解放后，烈士牺牲地受到保护，党和政府为他们举行了隆重的迁葬。1985 年，经中共中央、国务院批准建成龙华烈士陵园。

为共和国“输血”的人
——陈嘉庚

他浪迹海外
但他知道他的根在哪里
中国，他的母亲
云彩再厚也遮不住中秋皓月
海风再急也吹不干思乡的泪痕

中国，在苦难中呻吟
日本帝国主义的凌辱使得灾难深深
济南惨案的鲜血擦亮了游子的双眸
让他找到了报效祖国的动因
他不会开战机
也不会操枪炮
但他有血汗换来的财富
更有一颗赤子的心
他把金银兑换成枪械，子弹
又把他的爱心转化成“号声”
为祖国“输血”
为祖国“输氧”
由他带头，聚集起一支“华侨”大军

四亿元的国币捐赠义举输入祖国的经济动脉
滇缅公路飞奔着抗战物资的车轮

慰劳团的亲情厚意遍洒重庆延安
他用一颗赤子之心筑起强大的后方
让前线有更多捷报频传
战争结束了祖国新生了
庆功的美酒千杯万盏
应是他一杯最香最甜
怒放的花儿千枝万朵
数他的那枝最红最艳
英雄的颂歌千首万首
唱他的那首，情亦真挚
意也缠绵……

诗歌背景墙

陈嘉庚，男，汉族，福建省厦门市人。陈嘉庚少年时赴新加坡随父经商获得成功。1928 年，日本制造济南惨案后，领导华侨社会开展抗日救亡运动。1937 年 10 月，他发起成立“马来亚新加坡华侨筹赈祖国伤兵难民大会委员会”，任主席。1938 年 10 月，他联络南洋各地华侨代表在新加坡成立“南洋华侨筹赈祖国难民总会”，被推举为主席。他带头捐款购债献物，精心筹划组织，使南侨总会在短短三年多的时间内便为祖国筹得约合 4 亿元国币的款项。此外，他组织各地筹赈会为前方将士捐献寒衣、药品、卡车等物资，以及在新加坡和重庆投资设立制药厂、直接供应药品等。1939 年，他应国内之请代为招募 3200 余位华侨机工（汽车司机及修理工）回国服务，在新开辟的滇缅公路上抢运中国抗战急需的战略物资。1940 年，他组织南洋华侨回国慰劳团历访重庆、延安等地，并发表演讲，盛赞中共领导的陕甘宁边区的新气象，认为“中国希望在延安”。1948 年 8 月，致电毛泽东，响应中共中央召开新政治协商会议和成立联合政府的建议。建国后任中央人民政府委员，华侨事务委员会委员，华东军政委员会委员，全国侨联主席。1961 年 8 月逝世。第一、二届全国人大常委会委员，第二、三届全国政协副主席。

敬礼！中国的“保尔·柯察金”
——吴运铎

信仰一旦在心中筑巢
再远的目标也能抵达
它只要是人类共求的理想
毅力一经磨砺成金钢
再硬的障碍也能打穿
它只要是为光明而战
信仰加毅力
就成了最完美的组合
这个只有血肉灵魂的人
才能独享其乐

远在，不能再远的俄罗斯
一个神奇，诱人的故事在传播
他藏在一本厚厚的大书里
在中国，尤其青年人都为他
与冬妮亚的爱情所倾倒
还有他的生命格言
抄满日记本，或贴在墙上

不知是在他之后
还是就在同一个时间的坐标上
中国，新四军的行军转战的队伍里

也有一个“保尔·柯察金”
他叫吴运铎，起初在安源挖煤
继而参军，竟和炮弹炸药结缘
由他设计的枪榴筒，平射炮
一打一个准
由他生产的炮弹，子弹
堆成大山的模样

那险恶的炸药没心眼
不光消灭敌人，也会伤残它的主人
他的左眼炸瞎了
左手也没了
右腿也残废了
上帝成心再造一个“保尔”
让这个世界多姿多彩

他写书过程的曲折和艰难
像蜀道 难于上青天
这个时候
那信仰就成了他的“催生剂”
日里抚慰
夜里照耀
他一路蹒跚
痛苦中跋涉
汗渍中爬行
白纸上歪歪斜斜的汉字
多像盲人插下的稻秧

这个时候
那毅力从脚跟蹦出来

从牙缝里挤出来
从跛腿的伤口蹿出来
那激情随着文字流淌
一个字一个字地排列
多像向阳的大豆苗风雨里疯长

《把一切献给党》
党是他的灵魂和血肉
党是他生命的唯一主宰
党是他的骨肉爹娘
他以煤坑里的矿灯比作党
他以战壕里的春风比作党
他以夜空的北斗比作党
党是光明的使者
党是劳苦大众的钢铁脊梁
把热血乃至生命献给她
这是光荣之上的光荣
这是高尚之上的高尚

两本书像孪生姐妹遥遥呼应
两个伤残的人相扶相携步步前行
不是他们的经历多么传奇
是他们高举的灵魂，咄咄闪光

诗歌背景墙

吴运铎，男，汉族，湖北省武汉市人，中共党员。吴运铎早年曾在安源煤矿当矿工。全国抗战爆发后，不远千里，奔向皖南云岭，1938 年参加新四军，1939 年加入中国共产党。历任新四军司令部修械所车间主任，淮南根据地子弹厂厂长、军工部副部长，华中军工处炮弹厂厂长等职。他心系兵工，为人民兵工事业无私奉献。在淮南根据地时因陋就简，带领职工自制土设备，扩大枪弹生产。还主持研制成功枪榴筒，参与设计制造毫米平射炮以及定时、踏火等各种地雷，为提高部队火力作出了贡献。在生产与研制武器弹药中多次负伤，失去了左眼，左手、右腿致残，经过 20 余次手术，身上还留有几十处弹片没有取出，仍以顽强毅力战胜伤残，坚持战斗在生产第一线。他说:“只要我活着一天，我一定为党为人民工作一天。”1951 年 10 月，中央人民政府政务院和全国总工会授予他特邀全国劳动模范称号。他被誉为中国的“保尔·柯察金”。他出版的自传体小说《把一切献给党》不仅在我国多次再版，影响了几代人，而且被译成七种文字，在国外广为流传。离休之后，他应邀担任京、津、沪几所工读学校的名誉校长，许多中小学的校外辅导员和一些刊物、群众团体的顾问。1991 年 5 月 2 日在北京逝世。

旗帜，在思想高地飘扬
——邹韬奋

我在报林书海里，呼吸
我在汉字的方块里，壮体
在我的记忆之外
遥远的烽烟烈火中
有一双足音渐行渐近
有一面旗帜托住西天的彩霞
今天的报人书商，著书立传者
还把他翻出来
站在他的身侧
比高量身

语言，文字的位置
高贵而尊严
洞穿人心
撼动山岳
它涂抹的天空，碧蓝深远
它挖掘的地狱，阴森黑暗
他深知此理
在祖国，在民众水深火热
他激扬文字
挥斥方遒
用报纸和周刊

唤起民族意识的激情
利用报纸和周刊的无舌之口
向民众输送，春风和光明
由他打造的《抗战》三日刊
筑成抗战壁垒
人心，凝聚了
那把，来自“皇道乐土”的大刀
最终，折断

乌云散去之后
新鲜的空气中总会有污浊
需要过滤需要净化
是那无形的大手
拔除大脑中的杂草异苗
也能栽种兰桂梅松

这样吧，我们铺纸挥洒
在无形阵地上茹苦劳作
为人民正言
为党传递
经常翻开那一页
不仅是熟读他的面孔
更要衡量文字与人民的距离
校正笔尖行走的方向

诗歌背景墙

邹韬奋，男，汉族，江西省余江县人，生于福建省永安县，中共党员。1926 年任《生活》周刊主编。“九一八”事变后，他坚决反对国民党政府奉行的“攘外必先安内”的不抵抗政策，主编的《生活》周刊以团结抗敌御侮为根本目标，成为国内媒体抗日救国的一面旗帜。1932 年 7 月成立生活书店，任总经理。生活书店成立后，团结了一大批进步作者，使其在全国各地的分支机构扩展到 56 家，先后出版数十种进步刊物，以及包括马克思主义译著在内的 1000 余种图书。1933 年 1 月，参加了宋庆龄等发起的中国民权保障同盟，并当选为执行委员，不久被迫流亡海外。1935 年 8 月回国后，积极参加抗日救亡运动，在上海创办《大众生活》周刊，旗帜鲜明地支持“一二·九”学生爱国运动。其间，他担任上海各界救国会与全国各界救国联合会的领导工作。1936 年 11 月，因积极宣传抗日，他被国民党当局逮捕，成为著名的救国会七君子之一。1937 年，全国抗战爆发后获释，在上海创办《抗战》三日刊。上海沦陷后，转至武汉，继续主编《抗战》。武汉沦陷后，到重庆创办和主编《全民抗战》。1944 年 7 月 24 日，在上海病逝。9 月 28 日，中共中央根据他生前愿望，追认其为中国共产党正式党员。

爱晚亭的记忆
——蔡和森

走向爱晚亭的时候
山花和彩蝶织成一片缤纷
岳麓山葱郁得发青发翠
伏下身去，静听
湘江缓缓东流，浪飞浪卷
橘子洲头的果实，挂枝悬红
总觉得
百花掩映的小路上有私语窃窃
山下的碧流上有百侣携游的喧声
这些接踵走出现实
重演不曾遗忘的记忆

爱晚亭记得
恰同学少年的课堂里
有一个留着分头的白面书生
携侣曾游的群体里
有一个身穿翻毛皮夹克的青年
挥斥方遒的激昂里
有一个英俊的才华横溢的小伙
有时他在他的身前
有时他在他的身后
他和毛泽东结伴

共同拨动天上的乌云
共同谋划救国大计
情，同样火热
心，彼此呼应

今天，我又一次登上爱晚亭
不问路边的花草
不问山下的沙洲
我知道，如何评价“爱晚亭”的高度
我知道，怎样定位“爱晚亭”的存在
爱晚亭啊
最早的星火在这里集结
最早的道路从这里启程
骄傲属于你
光荣属于你
爱晚亭
爱晚亭

诗歌背景墙

蔡和森，第五、六届中央政治局委员、常委。1918 年与毛泽东等组织新民学会，创办《湘江评论》。1920 年初赴法勤工俭学，在法国期间同国内的毛泽东等人通信，提出要在中国建立共产党。在法国与周恩来、赵世炎等筹组中国共产党旅欧的早期组织，并对建党理论作出了重要贡献。1921 年参与组织和领导留法勤工俭学学生争生存权、求学权等进步运动。同年底加入中国共产党的理论宣传工作。出席中共二大，并参加起草大会政治宣言，制定中国革命纲领。1922 至 1925 年长期主编中共中央机关报《向导》周报，宣传马克思主义和党的方针政策，总结中国革命经验。1925 年，参与组织领导“五卅运动”。10 月，受党中央委托，赴莫斯科参加共产国际第五届执委会第六次扩大会议，会后作为中共驻共产国际代表。1927 年回国后，参加党的五大和中央“八七”紧急会议，当选中央政治局委员、政治局常委，任中央宣传部部长，代理秘书长。1931 年，作为中共中央代表兼中共中央南方局书记，奉中央指示去香港指导中共广东省委的工作。1931 年 6 月，因叛徒出卖被捕，8 月在广州牺牲。

秋天，诞生与收获思想的季节
——张思德

秋天，有一声春雷炸开云层
沿莽原丘岭轰然绽放
一位伟人将春雷捕获
收进他的思想宝典

最初，他把这一思想
交给红军的枪刺，火炮
以“纪律”和“注意”的条款
规范红军的行为

连一针一线，一草一木的小事
都和百姓息息相通
他从中窥见到一种情形
谁是社会的主宰，谁是历史的主人

直到炭窑崩塌的初秋九月
他进一步抓住红军的生存宗旨
“为人民服务”五个大字
像横空出世的彩虹，辉耀寰宇

他从古籍中挑出“鸿毛”“泰山”的
典故

是死亡的价值比衡
于是，他站在黄土堆上
脱帽，悼念一位烧炭的士兵

土台不高，却竖起冲天的精神支柱
声音低回，却直上九霄云空
张思德随着那篇世纪悼文
在人民军队的词曲里得到永生

诗歌背景墙

张思德（1915—1944）男，汉族，四川省仪陇县人，中共党员。1933 年参加中国工农红军，同年加入中国共产主义青年团，1937 年加入中国共产党。他参加过长征，作战机智勇敢，曾在一次战斗中一人夺得 2 挺机枪，先后 3 次负伤。1938 年，任中央军委警卫营通信班长，工作认真负责，在带领全班完成机要通信、站岗放哨、开荒生产和建窑烧炭等各项任务中，成绩优异。1942 年 11 月部队整编，他服从组织分配，调中央警卫团第 1 连当战士，在毛泽东内卫班执行警卫任务。他经常帮助战友补洗衣服、编织草鞋，带头帮助驻地群众生产劳动。1944 年，他积极参加大生产运动，被选为农场副队长。7 月，进陕北安塞县山中烧木炭。他处处起模范作用，不怕苦、不怕累、不怕脏，每到出炭时都争先钻进窑中作业。9 月 5 日，因炭窑崩塌，不幸牺牲，年仅 29 岁。9 月 8 日，中央警卫团在延安召开追悼会，中共中央主席、中央军委主席毛泽东在追悼会上作了题为《为人民服务》的著名演讲，对张思德全心全意为人民服务的革命精神给予了高度评价：“张思德同志是为人民利益而死的，他的死是比泰山还要重的。”张思德为人民服务的精神，体现了中国共产党的宗旨，是我们党和军队战胜一切敌人、战胜一切困难的力量源泉。

精神之上的高峰
——狼牙山五壮士

仰慕那耸立云端的巍峨
伴随惊泣鬼神的英勇壮举
英气与自豪直达心灵的根部
此时，用顶礼膜拜已不足以表达
跃动的五座山峰
是我在中华的英雄象征

我们惊叹悬崖的险峻
更感谢缠绕山坡的枝杈古藤
飞飘的身躯化蜂化蝶
决战已凶残的敌人
更是呼唤赤县天的黎明
3500 个与 5 个　是何等的悬殊
惨烈里蕴藏着什么是愚蠢
什么是英雄
以死亡抗衡的是正义
苟延残喘的是无能

今天，我们重翻这页历史
重读，我们的精神日记
景仰心灵的崇高山峰

我们还有什么目的不可抵达
问天下，谁敢逞雄

诗歌背景墙

抗日战争时期，在河北省易县狼牙山战斗中英勇抗击日伪军的八路军 5 位英雄，用生命和鲜血谱写出一首气吞山河的壮丽诗篇。他们是八路军晋察冀军区第 1 军分区第 1 团第 7 连第 6 班班长、共产党员马宝玉，副班长、共产党员葛振林，战士宋学义、胡德林、胡福才。1941 年 8 月，侵华日军华北方面军调集 7 万余人的兵力，对晋察冀边区所属的北岳、平西根据地进行残酷的“大扫荡”。9 月 25 日，日伪军约 3500 人围攻河北易县城西南的狼牙山地区，企图歼灭该地区的八路军和地方党政机关。晋察冀军区第 1 军分区某部第 7 连奉命掩护党政机关、部队和群众转移。完成任务撤离时，留下第 6 班马宝玉等 5 名战士担负后卫阻击。他们坚定沉着，利用有利地形，英勇还击，打退日伪军多次进攻，毙伤日伪军 90 余人。次日，为了不让日伪军发现连队转移方向，他们边打边撤，将日伪军引向狼牙山棋盘陀峰顶绝路。日伪军误认为咬住了八路军主力，遂发起猛攻。5 位战士临危不惧，利用地形，英勇阻击，子弹打光后，用石块还击，一直坚持战斗到日落。面对步步逼近的日伪军，他们毁掉枪支，义无反顾，纵身跳下数十丈的悬崖。马宝玉、胡德森、胡福才壮烈殉国；葛振林、宋学义被山腰树枝挂住，幸免于难。

为苏维埃操算盘的人
——毛泽民

是什么原因，使我们无限怀念
这好比梦境
未谋面 却一次又一次呼唤他的名字
于与腥风血雨的洗礼中
提升他的精神

在静谧的暗夜里
记忆浮现南方的一座典型茅屋
茅屋里依次走出三位弟兄
他们同时走出韶山小路
雨伞擎住满天雨袭云涌

我们曾无数次走进那座茅屋
历数挂在墙上的犁耙，铁镢
它们究竟有着怎样的神灵
让我们眼前发亮
星火在心头熠熠升腾

我们也曾追踪到广州
那座摆满桌椅的榕树掩映的大院
革命的讲义在那里宣讲
最早的火种播进镰刀与田野的世界

他就是从那里走向美好的憧憬

他的算盘清点着红军的家当
又筹划着苏维埃欠年的收成
收入，支出的简单运算中
推动着历史的车轮
滚滚前行

我们谈经济的开涨潮落
总为他扼腕，走得太早
假如不是盛世才的残暴
他也许坐进中南海
与他的兄长一起把脉中国，潮起潮生

诗歌背景墙

毛泽民，男，汉族，湖南省湘潭县人，中共党员。1921 年参加革命，同年底加入中国共产党。1925 年 2 月，随兄毛泽东到湘潭、湘乡开展农民运动，同年 9 月，进广州农民运动讲习所学习。随后，辗转上海、武汉、天津、香港等地，从事党的秘密工作。1931 年 7 月，进入中央革命根据地，任闽粤赣军区经理部部长。1931 年 12 月，任中华苏维埃共和国临时中央政府财政委员会委员兼国家银行行长。1933 年 5 月，兼任闽赣省苏维埃政府财政部部长。1934 年 9 月，兼任国家对外贸易总局局长，领导苏区银行、财政、贸易、工矿经济工作。1934 年 10月，随中央红军参加长征。到达陕北后，1935 年 11 月，任中华苏维埃工农民主政府国民经济部部长。他长期执掌财政大权，却廉洁奉公，一尘不染。1938 年 2 月，受党中央派遣，化名周彬，与陈潭秋等同志到新疆做统战工作，先后出任新疆省财政厅、民政厅厅长等职，为新疆建设作出重要贡献。1942 年 9 月 17 日，与陈潭秋等共产党员被反动军阀盛世才逮捕。在狱中，敌人对他软硬兼施，严刑审讯，他坚贞不屈，视死如归。1943 年 9 月 27 日，被敌人秘密杀害。

来自印度的天使
——柯棣华

中国，烽烟四起的时候你掷出自己
为了阻止大刀的疯狂
你以热血跨进延安的窑洞

远征的红军里多了一双草鞋
你是仅有的黑皮肤“八路”
却是最炙热的一团火

你匆匆的脚步踏飞太行小路的石子
火热的激情缝合一处处枪伤
让一个个士兵重又闯进弹雨枪林

正义的力量穿越种族，穿越国界
不仅你的名字溶入中华血液
你的爱情之火也被中国姑娘收藏

风雨吹走了，一个又一个春秋
淡忘与回忆，总在时空交汇
你的乐观，你的笑容，永远没有缺席

诗歌背景墙

柯棣华，男，印度孟买人，柯棣是他的姓，到中国后为了表示在中国奋斗的决心，在姓后加了“华”字。中共党员。柯棣华 1936 年医学院毕业。1937 年，印度国大党决定派一支小型医疗队到中国去，正准备报考英国皇家医学会的柯棣华决定参加医疗队。1938 年 9 月，柯棣华等 5 人援华医疗队来到中国。1939 年 2 月抵达延安，随后到八路军总院工作。同年秋，他们提出追随白求恩的足迹去前线，毛泽东亲自批准。经过一个多月的跋涉并经历了突破封锁线的战斗，他们到达了晋东南太行山区的八路军总部。1940 年月，柯棣华又进入晋察冀边区，随部队转战数千里，途中亲自参加了一次伏击日寇列车的战斗。百团大战期间，柯棣华到距火线仅一二里处设立救护所。1941 年 1 月，他担任白求恩国际和平医院院长。当时，面对日寇的频繁“扫荡”，柯棣华和同志们不得不一次次放弃建立起来的医院和学校，打着背包在山林中同日军游击周旋。1941 年 11 月，柯棣华与卫生学校教员郭庆兰结婚。翌年，他们生育一子，军区聂荣臻司令员亲自为其取名为“印华”。1942 年 7 月 7 日抗战五周年纪念日，柯棣华加入了中国共产党。1942 年 12 月，柯棣华因突然发病，不幸逝世，年仅 32 岁。

独臂创造的神话
——丁晓兵

词典里最坚强的词语
得到最完美的诠释
中华民族最美的品德
到此也有了完美的继承
四肢俱全的人
难以想象
只有左臂的人
是怎样打理生活
碗，怎么端起
笔，怎么书写
还有穿衣，穿鞋，束带，解扣

等等，等等
都是难解的话题
更何况，他是一位军人
站姿，需要两臂垂直
冲刺，需要两臂协同
还有许许多多高难动作
都需双臂的支撑

也许，就是那次救险之后
他虽然失去了朝夕相处的右臂

却又攀上了又一个生命的高峰
如果四肢承受生命的全部
失去右臂等于没了四分之一的热能
他不但找回来了
而且有了奇迹的发生
猛虎依然虎啸山峦
山鹰依然鹰击长空
越壕跳涧
有他的雄姿
抗洪抢险
有他的身影
他用左手描绘的人生蓝图
成为军旅生涯奇特的风景

我们可以为大山的奇雄折服
我们可以为大海的浩瀚折服
当我们被一个人折服的时候
他必定是时代的英雄
他就是我们从心里折服的人
他只是一个兵
像他的名字一样清纯透明

有一句八字名言
可算他人生的最高境界
“战时忘死
平时忘我”
两个“忘”字
擎起他精神的明灯
奇迹属于忘我忘死的人
神话属于忘我忘死的人

把生死抛之度外的人
上可摘日月
下可转乾坤

这绝不是“革命口号”
也不是大话空空
眼前的他，一个晓兵
靠左臂的旋动力
已转动了我们生活的乾坤
已摘取了我们内心的感动

诗歌背景墙

丁晓兵，男，汉族，安徽省合肥市人，中共党员。1965 年出生，1983 年入伍，现任中国人民武装警察部队 8730 部队政治委员。丁晓兵在 1984 年一次重大军事行动中英勇负伤，失去右臂，荣立一等战功，荣获为他特批的第 101 枚“全国边陲优秀儿女”金质奖章，被誉为“独臂英雄”。20 多年来，他身残志坚、自强不息，不要组织照顾，放弃到地方任职、军校任教、机关工作的机会，坚持在基层部队摔打锤炼。他永葆“战时忘死、平时忘我”的英雄本色，克服常人难以想象的困难，从洗衣服、握笔写字、打背包练起，训练场摸爬滚打样样争先，数十次参加军事演习、抗洪抢险、扑救山林大火，从一名普通战士成长为优秀的师政委。他当指导员时，所在连队被评为军区基层建设先进单位；当教导员时，所在营被评为全面建设先进营；当团政委时，团队被武警部队记集体三等功。他 20 多年如一日坚持学习，仅读书笔记就写下了 900 多万字，结合工作实践先后创造的 105 条经验被上级肯定和推广。他严格自律，多次拒收送上门的钱物，坚守原则婉拒亲人的请求，保持了共产党员的纯洁性、先进性。2006 年 12 月 5 日，国务院、中央军委授予他“保持英雄本色的忠诚卫士”荣誉称号。

那一坡树，那一片林
——马永顺

我相信
马老走的时候
他手里一定还攥着树苗子
他眼光一定会凝视着山林
那是他辛苦一辈子
养育的子孙啊
他难以割舍
怎么会放心

马老刨坑栽树的那个地方
我去过，它叫伊春
伊春的大地生长着一片林海

浩浩瀚瀚
苍苍莽莽
它是前人留给今人的馈赠
它是大自然给大地缝制的衣裳

马老和他的青春来到这里
注定把他的生命系在这里
他含泪采伐一棵棵大树

那树汁流淌成他的眼泪
树倒了
大地裸露了
决心再泼上一层绿
盖住光秃秃的坡
罩住空荡荡的地

他采伐的 3 万 6 千棵树
变作他栽树的目标
一定再栽同等的树
还大地一个原貌
老伴扛起锄头上路了
儿子扛起树苗上路了
一家老少 15 口 都上路了
栽树唤回大地的葱绿

马老爱树的感情
带血，浸泪
他深知林木在人们心中的价值
他更知道林业在祖国建设中的地位
一亩山林，一亩黄金
他常常这样念叨着
转山
转坡
呵护着一棵棵生命

时间从树行的间隙中飞驰
猛回头
三代人匆匆走过山林
少年变成中年

中年变成老人
那树
那林
也已铺地蔽天
林海涛涛
一望无垠

老马闭眼了
老马安息了
留给我们一个植树造海的故事
那故事在树与树，叶与叶之间传递
随根入土
随绿入心……

诗歌背景墙

马永顺（1914 年 12 月—2000 年 2 月 10 日），男，汉族，天津市人，中共党员。生前曾任黑龙江省伊春市铁力林业局副局长。马永顺是新中国第一代伐木工人。上世纪 50 年代采伐作业，伐木工都是站着伐木头，造成树根过高。为了多出木材，他就先用手把树根周围的积雪扒开，一条腿跪在地上，把锯紧挨树根采伐，使伐根由过去的六七十公分高降到十公分以下。东北林区推广了他的降低伐根做法后，一年就为国家增加了 1400 多万元的财富。他以忘我的工作热情，每年一个人完成 6 个人的采伐量，创造了手工年伐木 1200 立方米的全国纪录。他创造的“流水作业法”“、安全伐木法”、“四季锉锯法”，被写入全国手工伐木作业教科书，使劳动效率普遍提高 35% 至 50%。1959 年，为响应党中央关于实现青山常在、永续利用的号召，他积极投身绿化事业，决心把自己伐的 36000 棵树补栽上。1991 年，他已 78 岁高龄，还差近千棵树没栽，他就带领一家三代 15 口人，到荒山坡上营造义务林，当年栽树 1200 多棵，终于完成了夙愿。截至 1999 年，他带领全家共义务植树 5 万多棵。他是中共十大、十一大代表，第二、三届全国人大代表，第二届全国政协特邀委员，被授予“全国劳动模范”荣誉称号。

阜城门医院有一位高鼻梁老人
——乔治·马海德

满头白发吸引很多人的眼球
一双慈祥的眼睛
灼热得烫人
那天，我走近他的听诊器
握住他的肉乎乎的大手
终于领略了他的襟怀之爱
异国的人情风韵

那小小的听诊器之外
是他远隔大洋的家乡
我的祖国烧遍战火的时刻
他冒险出发

把身躯交给属于我的祖国
好似他是为我治病而来
为我的乡亲而来
笑声里有红高粱的芳香
质朴里有土炕上的气息
推开房门，远处
是他住过的陕北窑洞
是他跋涉的荆棘小路
好似他刚从黄崖洞战场归来

袖管里灌满硝烟的味道
又似他刚刚离开西柏坡农家
口里还哼着河北小调

他爱他的美国
他更爱生产小米南瓜的中国
他的肉体与黄土地揉成一体
不仅他的名字入册中国
连他的身躯也交给了这片土地
我再去阜城门医院的时候
他已离去
那散发着银质般的笑声
在白衣天使之间
在病人匆匆的步履之间
传递
回应

诗歌背景墙

乔治·马海德（1910 年 9 月 26 日—1988 年 10 月 3 日），原名乔治·海德姆，男，出生于美国，原籍黎巴嫩，中共党员。生前系卫生部高级顾问，曾任中国麻风病防治协会会长、中国麻风病防治研究中心主任。马海德 1933 年毕业于日内瓦医科大学，获医学博士学位。同年，他从美国不远万里来到中国参加革命，最初在上海从事医疗工作，随后参加上海国际友人组织的马列主义小组，协助我地下党开展工作。解放战争时期，他随中共中央转战到西柏坡，他以崇高的国际主义精神和精湛的医术为解放区军民服务，并在对外交往中作出了卓越贡献，受到毛泽东、周恩来等老一辈无产阶级革命家的称赞。1938 年至 1940 仅 3 年时间里，他就为陕北军民治病 4 万余人次。中国工农红军改编为八路军后，马海德担任八路军总卫生部顾问。抗日战争胜利后，马海德留在中国，继续支持中国人民的革命事业。1950 年经周恩来总理批准，马海德加入中国国籍。马海德为我国上世纪 60 年代初基本消灭性病和防治麻风病作出了巨大贡献。他是第五届全国政协委员，第六、七届全国政协常委。1988 年被国家卫生部授予“新中国卫生事业的先驱”荣誉称号。马海德于 1988 年 10 月 3 日在北京病逝。

直面人口的理论光辉
——马寅初

在我的记忆荧屏上
有一个“特别的理论”
那是建国之初，面对百业待兴
有一位人口学专家提出一个建议
“计划生育”
若不然，生产的粮食填不饱肚
多余的人口会成为车载的重负

这个理论提出之初
并没引起高端决策人的注意
这个理论提出之后的 20 年
在我们身上已感到这个理论的沉重
于是，农村两胎化，城市一胎化
正式写进国策大纲
又过了 30 年，我们转身回望
人口增长和经济发展才得以同步
稍加留意，我们便看到这个理论的踪影
它在我们的意识之外
整肃
和谐
同步
繁荣

理论的发现者已走了
他留给我们一个重大命题
提醒我们在追求天伦之乐的畅想中
要切记“泛滥”之后的
苦难，疼痛
这位老人很重要
值得我们尊重
值得历史尊重
值得人类尊重

诗歌背景墙

马寅初（1882 年 6 月 24 日—1982 年 5 月 10 日），男，汉族，浙江省嵊州市人，无党派人士。1915 年回国参加工作，生前曾任北京大学校长、教授。著名经济学家、人口学家和教育家。马寅初毕生从事经济学教学与研究工作，为国民经济综合平衡、稳定物价、控制人口等重大问题献计献策，为国家经济建设、人口科学学科建设作出了卓越的贡献。他一生热爱祖国，坚持真理，追求进步，是中共产党的诤友。他早年加入中国同盟会，五四运动时候，曾声援青年学生爱国行动；抗日战争时期，曾因反对蒋介石集团出卖民族利益和独裁统治、反对官僚资本而被监禁达数年之久；抗战胜利后，又积极参加民主运动，坚决反对内战，争取和平民主。新中国成立后，他拥护党的领导，拥护社会主义，在社会主义革命和建设中，特别是在发展我国文化教育和经济事业方面作出了重要贡献。在马寅初的众多著作中，《新人口论》是一部卓有见地的代表作，它论证了人口增长太快同积累、消费之间的矛盾，提出了控制人口生育的建议和措施，为计划生育政策提供了理论依据。他认真严谨的治学态度和坚持真理的无私精神，为后辈学人树立了榜样。他是第二、四、五届全国政协常委，1993 年，荣获首届中华人口奖“特别荣誉奖”。

女排之星
——中国女排五联冠群体

欢声
如飞起的海浪
迭声四起
在大洋彼岸
在华夏古国
伴随五星红旗的耀眼光芒
伴随国歌的庄严旋律
彼伏
此起

欢声里，一个时代的步伐
欢声里，一个民族的崛起

欢声里，一个神话的诞生
欢声里，一个大国的站立
最具诱惑的字句
缘自一个超强精神的群体
她们是一簇夺目的女儿花
威震四海
香飘大地

站在风景之外

我们能触摸到排球的分量
那排球在汗水里滚过
在泥巴里滚过
在血迹里滚过
在呼喊里滚过
划成无数条弧线与直线
编织成她们理想的图腾

她们的光荣，是不是
诠释了一个民族强大的理由
她们的骄傲，是不是
使得改革开放的中国辉耀世界
她们的精神，是不是
我们的国歌更加雄壮磅礴
我们的五星红旗更加夺目绚丽

诗歌背景墙

1981 年至 1986 年，中国女子排球队在世界杯、世界锦标赛和奥运会上 5 次蝉联世界冠军，成为世界排球史上第一支连续 5 次夺冠的队伍。中国女排坚定“为国争光”的信念，刻苦训练，顽强拼搏。她们对发球、拦网等技术动作几乎每天都要练习成百上千次，对训练比赛造成的肩、腰等伤痛从不叫苦叫累。凭着坚韧的毅力，她们练就了过硬的技术本领，形成了以快速多变为主体、兼备高打强攻的独特风格。1981 年第三届世界杯赛上，中国女排以 7 战全胜的战绩首次夺得世界冠军，开创了中国女排的新纪元。之后，中国女排再接再厉，不屈不挠，克服重重困难，相继蝉联 1982 年第九届世界女排锦标赛、1984 年洛杉矶奥运会、1985 年世界杯赛和第十届世界女排锦标赛冠军，完美地诠释了顽强拼搏、团结奋斗、无私奉献、为国争光的中华体育精神。中国女排夺冠后，五星红旗一次次升起、国歌一次次奏响的场景，让中华儿女热血沸腾。一时间，各行各业掀起了学习女排精神、发扬女排精神的热潮。“团结起来，振兴中华”的口号响彻神州大地。女排精神成为民族精神和时代精神的重要象征。中国女排五连冠群体为我国体育事业和社会主义现代化建设作出了重要贡献。女排精神至今仍然激励着中华各族儿女不断奋发向上，追求卓越。

二十世纪，中国文学的良心
——巴 金

一个无形的伟岸
一个心灵上的伟岸
耸立在文坛之上
耸立在心灵的天空
你用掏心的话语
裸露自己
不修饰不打扮
自然地，由衷地
编排汉字
去感动人心

你的名字叫巴金
你的另一个名字叫——良心

说你是一座丰碑
不足为过
虽然你说“要不得哟”
那碑还是属于你
因为在那个时代
在那个特殊的年月里
在棍子，鞭子面前
很多人说谎话，假话，大话

骗人，过关
只有你还有少数几个人
讲良心，说真话

这情形
不亚于渣滓洞
面对刽子手的屠刀
不低头
不投降
大义凛然走向刑场

你用《灭亡》的真实故事
叙述了旧社会必然灭亡的理由
你用《家》《春》《秋》的兴衰
描绘出一个时代的真实缩影
你用《寒夜》的风雨雷电
揭示出大上海早年的命运轨迹
你用《爱情三部曲》的委婉悲情
昭示出凄美，真挚，感人的爱情
我们跟随你的“激流”而越涧
我们跟随你的“随想”而畅游
你的文学大美哺育了我们的灵魂
你的做人的大德校正了我们的脚步

在台上，你是良师
在台下，你是益友
在你的良心之后嫁接良心
踩着你沉稳的，脚步

诗歌背景墙

巴金，男，汉族，四川省成都市人，无党派人士。生前曾任中作家协会主席，全国政协副主席。著名文学家。巴金1923年离开四川到上海、南京等地求学，1927年赴法国留学，开始文学创作，1929年发表第一部小说《灭亡》。在1929年至1949年期间，创作了长篇小说《激流三部曲》(《家》《春》《秋》) 和《爱情三部曲》(《雾》《雨》《电》) 及《憩园》、《寒夜》等，另有短篇小说集、散文集多部。1935年起，他担任文化生活出版社总编辑，主持出版了众多现代文学作品和翻译作品。1957年，他与靳以共同创办《收获》杂志，并担任主编。1978年至1986年创作五卷《随想录》。其著作结集为《巴金全集》26卷，翻译作品结集为《巴金译文全集》10卷。在长达70多年的创作生涯中，他真诚、热情、讲真话，把心交给读者，赢得了一代代读者的喜爱。他是“五四”新文学最有影响和读者最多的作家之一，也是杰出的翻译家和编辑家，广大读者称他为“二十世纪中国文学的良心”。曾获得意大利但丁国际奖、苏联人民友谊勋章，被美国文学艺术研究院评为外国名誉院士。2013年11月18日，国务院授予巴金“人民作家”荣誉称号。

追随远去的英雄背影

——王 杰

蓝天还飘着那面旗帜
歌声已远去
但，载入史册的名字，不朽
在我们的行军路上
明明
灭灭

44 年前，夏风的酷暑里
我的诗里赫然有他的名字
至今还有几分陶醉，几分敬意
那时，我所处的年代需要一种营养
健骨强身的营养

用以开拓道路
改写国家民众的贫瘠
有许多携笔的青年走向乡下
又有许多热血男女走进军旅
他们用不同的方式书写人生
迸发出青春的朝气

晴空的壮举已经多年
“两不怕”的口号也渐渐淡去

只留下坚硬的内核
依然不动
闪闪熠熠

所谓的风景就是这样
一处一景
一歌一曲
路走得很远，很远
沿路有许多路标，警示和激励
不是吗
60 年的风雨大道上
他站在最初的那段路
向我们微笑
向我们招手
他就是我们同一个战壕的战友
他就是我们同操共练的兄弟

诗歌背景墙

王杰，男，汉族，山东省金乡县人，中共党员。1961 年入伍，生前系中国人民解放军 73081 部队工兵营 1 连 5 班班长。王杰入伍后，认真学习马列主义和毛泽东思想，自觉接受党组织教育培养，处处以英雄人物为榜样，牢记全心全意为人民服务的宗旨，坚持从一点一滴做起，努力工作，奋发向上，勇于吃苦，乐于奉献，两次荣立三等功，被评为“模范共青团员”和一级技术能手。1965 年 5 月 1 日，他在日记中写道:“我们要一不怕苦，二不怕死。做一个大无畏的人。”1965 年 7 月，王杰到江苏省邳县张楼公社帮助民兵地雷班进行埋排雷和爆破训练。7 月 14 日上午，王杰在组织民兵进行实爆训练时，当炸药包即将发生爆炸的危急关头，为了保护在场的 12 名民兵和人民武装干部，他临危不惧，毅然扑向炸药包，英勇牺牲，献出年仅 23 岁的生命。根据王杰生前的愿望和表现，所在部队党委追认他为中国共产党党员。毛泽东、邓小平等老一辈无产阶级革命家号召全国军民学习和发扬王杰“一不怕苦，二不怕死”的“两不怕”精神。国防部命名王杰生前所在班为“王杰班”。1965 年 11 月，解放军总政治部、全国总工会、共青团中央、全国妇联等分别发出通知，要求广泛开展学习王杰活动。

折翅“世界屋脊”的山鹰
——孔繁森

那是阿里高原有了暖春之后
那是水草丰美，牛羊成群之后
他走了
他走得很突然
阿妈阿爹的悲痛
堵塞了拉萨河的激流

有一位来自牧区的阿妈为他送行
一头跪在地上的冰雪里
“你是我们的活菩萨啊
我不让你走……”
断断续续的哭泣里
藏着一个湿漉漉的故事
阿妈没忘那场暴风雪
没忘寒如铁的木屋里
那双大手点燃的火焰
酥油有了
奶酪有了
糌粑有了
面饼有了
暴风雪躲在雪山之外

有 3 个少年，藏袍裹住战栗的身体
他们也是跪在地上
泪水与雪水共流
声声呼唤
刺得心疼
那是他收养的 3 个藏族孤儿
有限的工资却为他们搭起安稳的家
他们病了
病得元气大伤
他隐去自己的姓名为孩子输血
那血终于创造了奇迹

他把阿里高原的氧输足了
高原，青稞飘香，油菜葱绿
他把公路修到山上山下
公路，是神路，盘旋在云里雾里
他把，羊群，牛群，马群撒满牧场
牧场，成了财富的河流，流满大地

最后，他走了
走得很急，很急
阿妈，阿爹以为他去远方开会
桌上的青稞酒还泛着清香
铜壶里的奶茶还飘香四溢
后来，他们明白
折断翅膀的山鹰不再起飞
他们把哈达缠在高山上的大树上
祈祷他一路平安
身躯不腐
灵魂永生

诗歌背景墙

孔繁森，男，汉族山东省聊城市人，中共党员。生前任西藏阿里地区地委书记。孔繁森自觉以党和人民的需要为己任，两次进藏工作，在雪城高原奋斗十个春秋。1979 年，他告别年逾古稀的老母、体弱多病的妻子和尚处幼年的孩子，在海拔 4700 多米的西藏自治区岗巴县一干就是 3 年。在此期间，他经常深入乡村、牧区与群众一起干农活、修水利。1988 年，他克服困难再次带队进藏任拉萨市副市长，分管文教、卫生和民政工作。他跑遍全市绝大部分中小学校、敬老院和养老院，为教育事业奔波操劳。给孤寡老人送去温暖。他领养了地震灾区的 3 个藏族孤儿，并隐姓埋名先后 3 次为他们献血。1992 年，他又到被称为“世界屋脊的屋脊”阿里地区任地委书记。1994 年，阿里高原发生罕见暴风雪灾，他带领工作组第一时间到受灾地区，把救济粮和救济款送到受灾群众手中，每天工作到深夜两点多才休息。在他带领下，经过广大干部群众的努力，阿里经济有了较快发展，1994 年，全地区国民生产总值比上年增长 37.5%。他受到藏族群众的普遍称赞，被誉为“新时期领导干部的楷模”。1994 年 11 月，他在考察工作途中因车祸殉职，终年 50 岁。他被评为全国民族团结进步模范、全国先进工作者。

他踩出的二十一个长征路

——王顺友

山歌，翻飞着闪亮的翅膀
划过湛蓝的天空
像无数只吉祥鸟，飞翔
口衔亲人朋友幸福安康的福音
降落在苗寨藏家的山村

从木里到倮波的乡邮路
上接大山的肩膀
下连崎岖的山道，河汊
春来，满坡野花嫣红
冬来，风刮雪盖无垠
几百里的崎岖

几百里的艰辛
在他的脚下，都化作
一首歌
一抹笑
一口山泉水
一支香烟的云团

他的脚印连起来
可以和二万五千里长征比长

他的邮件摞起来
可以和凉山主峰比高
他的火热
可以暖化山头上的积雪
他的胸怀
四季都装满木里大地的春风

他是一只连接群众的吉祥鸟
风雨无阻
四季畅通
上级的指示，亲人的问候
天气的预报，国外的风云
准时抵达
不差时分
有两组数字
是他的最好履历
一年 365 天有 330 天在路上
24 年他走了二十一个二万五千里长征
此时 我想到
他的妻子和儿女
想到节日的团聚和温馨
想到他的脚板和鞋子
想到路上的寂寞和孤独……
当一个人确立了一种精神
一种无私奉献的精神
一种忘我不求的精神
再长的道路也能变短
不是吗
请看他的乡——邮——路

还在云里雾里爬行
还在风里雪里延伸

诗歌背景墙

王顺友，男，苗族，四川省木里藏族自治县人，中共党员。1965年出生，现为四川省凉山彝族自治州木里藏族自治县马班邮路投递员。王顺友担负着从木里县城到倮波乡邮路的投递工作。这段马班邮路往返里程360公里，山高路险，气候恶劣，有时一天要经过几个气候带。由于投递路线长，他一年有330天左右的时间奔波在邮路上，饿了就吃几口巴面，渴了就喝几口山泉水，困了就睡在荒山岩洞。但他仍然坚韧执着、乐观向上，唱着自编的山歌，一丝不苟地勤奋工作，年年出色完成投递任务。24年来，他在雪域高原送邮行程达26万多公里，相当于走了二十一趟二万五千里长征。24年来，他没有延误过一个班期，没有丢失过一封邮件，投递准确率达到100%。在做好本职工作的同时，他还热心为农村发展经济办好事、办实事，为农民群众传递科技信息、致富信息，购买优良种子。为了给群众捎去生产生活用品，王顺友甘愿绕路、甘愿贴钱、甘愿吃苦。多年来，王顺友成了邮路沿线百姓联系山外的纽带。他用实际行动实践着“为人民服务不算苦，再苦再累都幸福”的人生追求，受到当地藏族同胞的衷心爱戴。2006年被授予“全国优秀共产党员”等荣誉称号，被评为全国道德模范。

他留下的财富——“铁人精神”
——王进喜

乌云压低
荒原暗淡
矗立的钻塔旁
有一尊雕像似的人
岩石发烫
钻头哗哗地抖动
他双眉紧锁盯住钻杆
伸向地层深处
不时发出一声呐喊
灼热
烫人

那是一个贫油的年代
那是一个善于热情迸发的年代
贫穷，激发奋进
热情，诞生超出寻常的行动
他把寒冷饥饿踩在脚下
血管里的火
沿着钻头的狂作升腾

今天的人
难以想象缺石油的尴尬

更难以体会那时石油工人的心情
工厂要石油
汽车要石油
飞机要石油
坦克要石油
心急呀
牙咬得咯吱响
手攥出火星

那是一次意外的井喷
原油像神龙
狂奔乱舞
钻井四周成了油海
必须擒住它

天寒地冻
他猛地跳进泥浆池里
双手挥舞
风，一阵阵呼啸
血，一阵阵喷涌
那是刺骨的冰水啊
那是杀人的泥坑啊
他跳下去了
跳下去了
为了甩掉贫油的帽子
为了泱泱大国的国魂

钻塔依旧悠悠地转动
油龙依旧滚滚地腾身
他在一切都恢复平静之后

含笑走了
墓碑上只写两个字
——铁人
墓碑之外还有两个字
——精神

诗歌背景墙

王进喜，男，汉族，甘肃省玉门市人，中共党员。生前系中国石油大庆油田 1205 钻井队队长王进喜是新中国第一代钻井工人。面对新中国成立之初石油短缺的局面，他以强烈的责任感，高昂的政治热情投入到为祖国找石油的工作之中。1958 年 9 月，他带领钻井队创造了当时月钻井进尺的全国最高纪录，荣获“钢铁钻井队”的称号。1960 年 3 月，他率队从玉门到大庆参加石油大会战，发扬“为国分忧，为民族争气”的爱国主义精神，为结束“洋油”时代而顽强拼搏。他组织全队职工把钻机化整为零，用“人拉肩扛”的方法搬运和安装钻机，奋战 33 夜把井架竖立在荒原上。打第一口井时，为解决供水不足，王进喜带领人破冰取水，“盆端桶提”运水保开钻。打第二口井时突然发生井喷，当时没有压井用的重晶石粉，王进喜决定用水泥代替；没有搅拌机，他不顾腿伤，带头跳进泥浆池里用身体搅拌，经全队工人奋战，终于制服井喷，被人们誉为“铁人”。由于长期积劳成疾，他身患胃癌，在病床上仍然关心着油田建设，直到生命最后一刻，病逝时年仅 47 岁。王进喜为我国石油工业的发展和社会主义建设作出了突出贡献，留下了宝贵的精神财富——“铁人精神”。他是第三届全国人大代表，被授予“全国劳动模范”等荣誉称号。

小球上的大世界
——邓亚萍

欢声迭起
在赛场周围回旋
高举的手臂，如林
向她一次又一次地挥动
祝福的鲜花，如霞
向她一次又一次地拥来
她甩掉汗珠
投来浅浅的微笑
是她唯一的回敬

就是那枚小小的白色球体
是她全部的投入与爱情
那里有她青春的霞彩
那里有她花季的梦境
她所有的寄托，憧憬，未来
都在球体上翻飞
她所有的欢乐悲苦寂寞
都在球体里包容

一天，那小小的白色精灵
终于飞出国界
小球带来的绝不是球体本身的分量

它托起的是中华五千年的智慧
它载誉的是泱泱大国的光荣
小球转动了大球
真是当惊世界殊
四海瞩目
五岳欢腾

22 次五星红旗为她升起
22 次国歌为她唱响
她站在荣誉与成功的巅峰
还是那浅浅的微笑
然后，健步跑去
准备下一次的挑战，冲锋

诗歌背景墙

邓亚萍，女，汉族，河南省郑州市人，中共党员。1973 年出生，现任共青团北京市委副书记。中国乒乓球女队原队员，国际级运动健将。1989 年，邓亚萍进入国家乒乓球队。在国家队期间，她以顽强的毅力，刻苦训练，总是超额完成规定训练任务，平均每天增加训练量 4 小时。在练习全台单面攻时，她在腿上绑沙袋，面对两位男陪练的左突右奔，一打就是 2 小时；在进行多球训练时，教练将球“连珠炮发”，她每次都是全神贯注，一接就是 1000 多个；每次训练下来，汗水都湿透她的衣服、鞋袜，有时甚至浸湿一片地板。长时间的训练和比赛，从颈部到脚踝，她身体很多部位都有伤病。腰肌劳损、膝关节脂肪垫肿、踝关节几乎长满骨刺，这些伤痛，她在训练和比赛中都忍着，痛得厉害就打一针封闭，有时脚底磨出了血泡，流出脓血，她仍坚持练、接着打。凭着坚韧不拔的毅力和顽强拼搏的精神，她在乒乓赛场上取得了卓越不凡的成绩。1989 年至 1997 年间，她共获得 18 个世界冠军、4 项奥运会冠军，其中获第 25、26 届奥运会女子乒乓球单打和双打“双料”冠军。从国家队退役后，她热心体育公益事业，积极参与北京申奥活动，并出任国际奥委会道德委员会、运动和环境委员会委员。她荣获“全国三八红旗手”、“全国新长征突击手”等荣誉称号。

爱心，乘着歌声飞翔
——丛飞

我听过你的嘶哑的歌声
亮着翅膀向天空飞去
我也听过你用嘶哑的话语
倾诉你的真爱和真诚
你的歌声里
飞翔着一群白鸽
——你抚育的山村孩子
他们在你的视线里拔节
慢慢弥漫成一片绿荫

那时，我们都明白这样一个真相
时间留给你的很少，很少
你已站在了告别的大门口
你依然微笑以待
不再回头

为了山村孩子的一本书
为了失明者获得一份光明
你以超长的长度拉长自己
你以超硬的硬度锻打自己
你以超凡的毅力张扬自己
你以超量的负荷催赶自己

一切都在透支着

透支时间
透支青春
透支积蓄
透支生命
就是为了歌声的尾部
看到那群可爱的鸽子
起飞
腾空

诗歌背景墙

丛飞，原名张崇，男，汉族，辽宁省盘锦市人，中共党员。1994 年参加工作，生前系深圳市义工联艺术团团长。丛飞是一名用爱心感动中国的“业余歌手”。从他看到失学儿童的 第一眼到英年早逝，一直怀着诚挚的爱心，致力于社会公益慈善事业，几乎把所有的时间都给了那些需要帮助的孩子，先后 20 多次赴贵州、湖南、四川、云南及山东等地的贫困山区，认养资助一批批辍学儿童。十多年中，他先后资助了包括彝族、布依族、苗族、白族、羌族等 10 多个少数民族的 100 多名贫困失学儿童和残疾人，累计捐款金额超过 300 万元，但自己却一直过着清贫的生活。加入深圳义工联 10 年中，他义工服务时间超过 6000 小时，为社会公益演出 400 多场，占演出总量的一大半。2006 年 4 月 20 日，曾无私救助 183 个贫困儿童的丛飞，因患晚期胃癌而病逝，年仅 37 岁。就在生命最后一刻，他还不忘奉献社会，把自己的眼角膜捐献出来，给 6 位眼疾患者带来了光明。丛飞用短暂的生命谱写了一曲助人为乐、无私奉献的动人乐章。他被评为全国道德模范，被授予全国青少年“身边最让我感动的人”等荣誉称号和中国青年志愿服务金奖、首届中华慈善奖。

小草，歌唱在“生命的制高点”上

——史光柱

一阵炮火袭击之后
你和战友们攻上了高地
你也被推到生命的制高点
——8 处流血的伤口告诉你
你处在悬崖的边缘
双目已被炸得血肉模糊
从此，光明离你而去

病床上
一个深思的灵魂
冲撞着冰冷的四壁
道路并没有消失

光明还会绽放明天的晨曦
没有退下战场的士兵
也没有言败的词语
是男人
更没有下跪的双膝

于是 你把钢枪交给战友
换成一支会说，会唱的钢笔
你甘愿做一棵小草

摇曳在雨中，风里

那小草迎风唱出的歌声
绿遍天涯
濡染大地
你在另一处建筑的风景
抚慰着遥远的心灵
同样的青春
同样的美丽

诗歌背景墙

史光柱，男，汉族，云南省马龙县人，中共党员。1963 年出生，1982 年入伍，中国人民解放军 77283 部队原副政委。

史光柱在执行重大军事行动中，身上 8 处受伤、双目失明，仍带领官兵出色完成任务。20 多年来，他身残志坚，在“生命的制高点”上，依靠顽强的毅力，不断超越自我，克服了常人难以想象的困难。在 1985 年中央电视台春节联欢晚会上，史光柱唱着自己作词的歌曲《小草》走进千家万户，并多次在全国作事迹报告，是上世纪 80 年代大学生心目中的杰出青年。1986 年，史光柱被特招进入深圳大学中文系汉语言文学专业学习，以优异成绩完成本科学业，成为我国第一位获得学士学位的盲人。他坚持文学创作，在国内外发表诗歌、散文 500 余篇，作品获全国性文学奖 17 次。诗集《我恋》获第三届鲁迅文学奖，《背对你投下黑色的河流》获深圳大鹏文学奖，《眼睛》获国家新闻出版总署颁发文学进步图书奖、云南省第二届文艺文学类一等奖。多年来，他还拖着残疾的身躯，坚持参与社会公益活动，先后帮助千余名残疾人重新燃起生活的希望。他被中央军委授予“战斗英雄”荣誉称号，获得全国自强模范荣誉称号，荣立一、二、三等功 5 次。

伏牛山上，那抹绚丽的彩霞
——任长霞

四月十四日的，天空
我不允许有太深的阴沉
风儿也不要太过多的呻吟
鸟儿也不要低声哀挽
她没有走啊
她还在农家土炕上盘坐
她还在山路上行走

面对“1·30”案件的卷宗
我不知道该怎么表达
假如生活中没有这么多的罪恶
那我们的餐桌该多么丰盛
我们的天空该多么湛蓝
省下的时间
我们玩电脑，下象棋，读报纸
我们打太极，跳街舞，遛公园
让生活舒心，舒心，更舒心
让美酒香甜，香甜，更香甜

唉，我的诗太幼稚了
社会，哪能那么纯净，那么浪漫

春草蒙绿的草地上
一溜摆开 10 坛家酿黄酒
一位老人　步履蹒跚
泪和酒同一个芬芳
天和地共一个心愿
“留下吧，任局长
今后，我们会把家看好，门关好
绝不让狼羔子作乱
你最后喝下这五谷酿造的黄酒吧
漫漫长路
风急雪寒。”

唉，她还是走了
这天，大山之上弥留一朵云霞

无比壮美
无比绚烂

诗歌背景墙

任长霞，女，汉族，河南省睢县人，中共党员。生前系河南省登封市公安局党委书记、局长。任长霞做预审工作13年，在郑州公安系统、市政法战线及省预审岗位练兵大比武中均夺取过第一名，协助破获了大案要案1072起，追捕犯罪嫌疑人950人。1998年被任命为郑州市公安局技侦支队长后，她多次深入虎穴，化装侦查，亲自抓获了中原第一盗窃高档轿车案主犯，先后打掉了7个涉黑团伙，抓获犯罪嫌疑人370多人，被誉为“警界女神警”。2001年，她调任登封市公安局局长，坚持定期接待老百姓，倾听群众呼声，查处信访积案，3年中，共接待群众信访3000多人次，使400多户上访老户罢访息诉。她维护群众利益，要求公安工作从老百姓满意的事情做起，她走遍了登封市农村的千家万户，走到哪里就把公安干警的义务和责任履行到哪里，做到人民公安为人民，使人民群众切实感受到党和政府的温暖。她带领全局民警共破获各种刑事案件2870多起，有力地维护了登封市社会治安。2004年4月14日晚8时40分，她在侦破“1·30”案件中，发生车祸，不幸因公殉职，年40岁。她被授予全国五一劳动奖章，荣获“全国三八红旗手”、“全国优秀人民警察”等荣誉称号。

北疆，三月阳春
——刘英俊

多少年了
那一场惊心动魄的场面还在眼前播映
马的惊嘶号叫
炮车的滚滚飞奔
预示着一场惨烈的灾祸发生
就在不远的地方
6 个儿童忘我的玩耍
6 朵鲜嫩的花朵
摇曳在早春三月的春风

惊马前
是一道鸿沟
是一场惨烈
死亡张开血盆大口
惊马后
是安全港
是生命的栖息乐园
往前，往后
生死对峙
剑拔弩张

他选择了挺身

选择了拦挡
也就在一瞬间的时分
壮烈的场景发生了
惊马被他绊倒在地
躯体挡住了滚滚的车轮
那汩汩的鲜血啊
哺育了 6 朵鲜花的稚嫩
漫红了冰雪铺地的阳春

拦惊马的人已成为英雄偶像
他的生命只有 21 个年轮
精神没灭
史迹常存
他把精神投放在红五星的光芒里
折射到战友的敬意里
军歌嘹亮
壮美如新

诗歌背景墙

刘英俊，男，汉族，吉林省长春市人，中共党员。1962 年入伍，生前系中国人民解放军 65444 部队重炮连战士。刘英俊把忠诚于党作为人生最高的价值追求，树立革命人生观。他担任部队驻地附近小学“校外辅导员”，经常给小朋友讲革命传统，还用节省的津贴费给学校购买图书。他乐于助人，甘于奉献。在连队，他是“业余修理员”，主动修理损坏的连队桌椅、门窗。在医院住院，他是“劳动休养员”，帮助重病员打水、端饭，协助医护人员扫地、刷痰盂。出差途中，他是“义务勤务员”，扶老携幼，急人所难，好事做一路。1966 年 3 月 15 日，他所在炮连到佳木斯市郊外执行训练任务过程中，一辆炮车辕马被汽车喇叭震惊，冲向人群，情况十分危急。担任炮车驭手的刘英俊用肩膀猛抵惊马，惊马被迫拐上公路旁侧小道。但这时炮车前面不远处的 6 名儿童，被飞奔而来的惊马吓得不知所措，生命受到威胁。刘英俊不顾个人危险，用力将缰绳缠在胳膊上，向后猛力一拉，使惊马前蹄腾空而起。接着，他双脚踢向马的后腿，使尽全身力气踢倒惊马。6 名儿童安然脱险，他却被压在翻倒的车下，由于伤势过重，经抢救无效英勇牺牲，年 21 岁。1966 年，他所在部队党委追认他为中国共产党党员，并追记一等功。

她，因善良而美丽
——向秀丽

正是我拔节的年龄
天外，传来她的消息
后来她走进小学语文课本
和我的青春萌动不期而遇
偶像在心中屹立
不离踪影

烈火燃烧之后总觉得她伟大
想到烧毁的面容又有许多爱怜
她在我最初的青春家园做客
白天随我行走校园
深夜伴我入梦
由于年轻 还不太懂世事
那英雄的内涵似懂非懂
但总觉得跳进火海里的人很勇敢
起码她不怕死，不怕烧焦的疼
可为什么她会扑向烈火
其他的人为什么不能

长大了，见多了，成熟了
才真正明白
个人与集体，与国家，与社会的关系

以及什么是伟大与渺小
什么是高尚与卑鄙

啊，不是吗
过去，总认为她一头卷发，眉清目秀
高鼻子，厚嘴唇，俊美可人
今天，我终于明白
她，因善良，无私而美丽

诗歌背景墙

向秀丽，女，汉族，广东省清远市人，中共党员。生前系广州何济公制药厂工会委员、班长。1956 年公私合营后，向秀丽在广州何济公制药厂当上了一名包装工。她工作积极，埋头苦干，不讲价钱，多次被评为先进工作者。她克服文化水平不高的困难，刻苦钻研，掌握了甲基硫氧嘧啶化学药剂试制操作技术。1958 年 12 月 13 日晚，向秀丽和两个当班的工人正忙碌地工作，突然一瓶无水酒清脱手往下滑，瓶身破裂，瓶内酒精全部泻出，向四周漫流，因受附近制药用的正在燃烧的 10 个煤炉热辐射，酒精迅速燃烧起来。如不及时扑灭，将会引起不远处 60 多公斤易燃易爆的金属钠爆炸。一旦金属钠爆炸，将引起整个厂区及附近居民区的重大火灾，后果不堪设想。在千钧一发之际，向秀丽奋不顾身地用自己的身躯扑向燃烧的酒精，与烈火展开殊死搏斗，最终避免了一场恶性爆炸事故的发生。然而，向秀丽却被大火燃伤，她全身烧伤的面积达 67%，其中二、三度烧伤占 65%。她在医院休克了三天三夜，醒来后的第一句话就是问工厂的损失和同事们的安全情况。虽经医院全力抢救，但终因伤势严重而光荣牺牲，献出了年仅 26 岁的生命。她被广州市人民政府追认为革命烈士。

数字让我们提升生活的质量
——华罗庚

高山再高，河流再长
只有数字可以解答
农田，工厂，实验室
以至于我们的柴米油盐
都离不开数字的指挥

数字很简单 12345
方程很简单数字很神秘＋－ × ÷
包揽天文地理，金木水火土
它告诉我们走最近的道路
呼吸最洁净的空气
它能测天，测地，测海
让我们用最少的时间
走完最远的距离

是他把数学排成神秘的方阵
又把它们击碎 探寻最小的内核
又排列组合，求得一个值
当把它交给我们的时候
我们会为进入另一个未知世界而惊喜

我们有理由感恩他

感恩他智慧的大脑
让我们代代分享他的果实
我们会在清醒中，梦想

诗歌背景墙

华罗庚，男，汉族，江苏省金坛县人，中共党员、民盟盟员。生前曾任中科院数学研究所所长，全国政协副主席。著名数学家。中国科学院院士、美国科学院国外院士。华罗庚在国际数学界享有盛誉，为中国当代数学发展及其应用作出重大贡献。他初中毕业，因为家境贫寒，不得不边作工边自学。1930 年春，他的学术论文《苏家驹之代数的五次方程式解法不能成立的理由》引起了时任清华大学数学系主任的熊庆来教授的高度重视，邀请他到清华大学工作。随后，华罗庚出版了数学专著《堆垒素数论》和一系列学术论文，并先后赴苏联、美国进行学术交流。新中国成立后，他放弃美国一所大学给他终身教授的优厚待遇，克服重重困难回到祖国怀抱，投身我国数学科学研究事业。他在多元复变数函数、数论、代数及应用数学等研究领域取得了杰出成果，有许多定理、引理、不等式、算子与方法以他的名字命名。他还以极大的热情关注社会主义建设事业，致力于数学为国民经济服务。在生命的最后 20 年，他几乎把全部精力投入到推广应用数学方法的工作之中，特别是“双法”——优选法、统筹法的推广应用，取得了重大经济和社会效益。荣获过国家自然科学奖一等奖、陈嘉庚物质科学奖。

“两弹一星”的功臣
——朱光亚

他案头堆放的数据大纲
是天上的蘑菇云，五彩缤纷
是晴空的霹雳，雷霆

我们很难理解他的方程
读不懂他的内心世界
但看得懂他手上的分量

也不明白那响声背后的成因
以及发射塔的结构和高度
只知道那点火的一瞬来之不易
为了那个神圣的“外来客”诞生
他付出了生命的全部
他的头发都白了，黑色素也化作了一团浓云

他把梦想变作现实的神话
一个泱泱大国终于走向了世界的前位
我们骄傲，我们自豪，我们兴奋

别人有的，我们要有
别人没有的，我们也有
这是科学的回答，智慧的回答

都因为我们拥有了他
拥有了超凡的勇气和精神
我们才敢在高端科学的顶，叫阵

诗歌背景墙

朱光亚，男，汉族，湖北省武汉市人，中共党员。1924 年出生，曾任中国人民解放军总装备部科技委主任，中国科协名誉主席，全国政协副主席。著名核物理学家。朱光亚 1946 年赴美国密执安大学从事实验核物理研究工作，获物理学博士学位后于 1950 年春回国参加工作。他是我国核武器研制的科学技术领导人，负责并领导我国原子弹、氢弹的研制工作。他参与组织领导了我国历次原子弹、氢弹的试验，为“两弹”技术突破及其武器化工作作出了重大贡献。上世纪 70 年代以来，他参与组织了秦山核电站的筹建和放射性同位素应用开发研究。80 年代后，他参与了国家高技术研究发展计划的制订与实施、国防科技发展战略的研究工作，为我国科学技术的发展起到了重要作用。他是中国科学院院士、中国工程院院士，中共九大至十四大代表。1985 年获国家科技进步奖特等奖，1999 年获中共中央、国务院、中央军委颁发的“两弹一星”功勋奖章。

她快乐着，并享受着
——李素丽

清风
丽日
我们坐上你服务的公交车
感觉像坐在家里
路很长
人很挤
声音嘈杂，味道却挺清香
我们有很多心事
也有不少烦恼
我们需要有一种慰藉
瞬间的安宁
排解
或悬置

恰在这时
穿过人头的缝隙
飘过你的微笑
夹带一个声音
“前方拐弯
请大家扶好！”
我们的心头一热
站稳了身子

脚下很烫
接着，车门开了
耐心的搀扶
周到的安排
让每一个下车的人下的明白
让每一个上车的人上的愉快
车轮不停地飞转
话语不停地播送
这哪是赶车上班
这是一次意外的旅行

据说笑是一种艺术
艺术是带给人美的符号
笑与笑相遇的时候
身上会产生一种激素
一个快乐会生出两个快乐
一个幸福会生出两个幸福
笑真是一种良药
人说她就是“笑的天使”
坐她服务的公交车
青年人更年轻
老年人不显老

风儿停了
丽日更高
我们匆匆下车
和你说“再见”
你投来甜甜的笑
我们将你的微笑带回家
饭也香了

酒也甜了

诗歌背景墙

李素丽，女，汉族，北京市人，中共党员。1962 年出生，1981 年参加工作，现任北京公交集团服务部副部长兼“北京交通服务热线”公交分中心主任。1981 年，年仅 19 岁的李素丽当上了一名售票员。她真心实意以服务工作为荣，自重自强，任劳任怨，恪尽职守。在晃动的、时常拥挤的车厢里，她视乘客如亲人，始终坚持微笑服务，以真诚的爱心创造着让乘客上车如到家的舒适环境。她热诚迎送乘客，服务周到，体贴入微，始终坚持做到“四多六到”：多说一句话，多看一眼，多帮一把，多走几步；话到，眼到，手到，腿到，情到，神到。她付出了辛勤的劳动，也尽情地享受着工作的愉悦，受到乘客和社会公众的一致好评。1999 年，公交服务热线成立，李素丽作为“公交品牌”调入服务热线任负责人。公交服务热线不断发展，从开始的十几个人，到现在的 100 多人，成为北京交通服务热线，平均每天接电话 17000 余个，被评为全国青年文明岗和巾帼文明岗。无论在售票员岗位还是在管理岗位，她始终努力践行“一心为乘客，服务最光荣”的工作理念，被乘客誉为“微笑的天使”。她是中共十五大、十六大代表，被授予“全国优秀共产党员”、全国劳动模范、全国三八红旗手、全国职业道德标兵、全国杰出青年岗位能手等荣誉称号。

最后的选择

——杨根思

在朝鲜
在小高岭 107 高地
战斗挟着雷火在奔
在跑，在滚，在爬
11 月的天空布满阴云
太阳躲起不敢看这里的壮烈

敌人 8 次反扑
没能夺下高地
一次次狼嚎鬼哭，败下
志愿军一个排 30 多支枪
最后只剩下他一个人

一个人，他代表正义
一个人，他代表中国
一个人，他代表中国军人
在那个年代
就是这个意念
就应具有这种精神
誓死不当俘虏
我在阵地在

敌人的子弹不让你多想
雪亮的刺刀步步逼近
他只有前进的选择
阵地上
他站成一座碑
子弹从耳边呼啸而过
炸弹炸起迷眼的雪尘
他紧抱唯一的炸药包
这是他最后的誓言

此时，在我的脑海里
突现这样的图景
潜伏的猛虎，突起
卧崖的山鹰，腾空
他，就是猛虎
他，就是山鹰
他怀抱炸药包冲进敌群
一声雷响之后
高地变得死一样沉静

多年之后，多少记忆随风吹走
唯有他的壮烈，他的英勇
永远定格在我的思想天空

诗歌背景墙

杨根思，男，汉族，江苏省泰兴市人，中共党员。1944 年入伍，生前系中国人民志愿军第 20 军 58 师 172 团 3 连连长。杨根思出生在一个贫苦的农民家庭，从小受到地主的剥削和压迫，心中对旧社会充满仇恨，得知共产党领导的军队是人民的队伍，就下定决心跟党走。入伍后，他把这种信念化为苦练军事本领的动力，坚信只要时刻遵守党的决议、指示，就“不相信有完成不了的任务，不相信有战胜不了的敌人，不相信有克服不了的困难”。他随部队转战南北，不畏艰难困苦，先后经历了抗日战争、解放战争和抗美援朝战争的炮火洗礼，参加过无数次战斗，靠着过硬的军事技术，为党和人民做出了突出贡献。1950 年 11 月，在坚守长津湖畔 107.1 高地东南侧小高岭战斗中，杨根思率领三排打退美军 8 次进攻，在最后只剩下他一人时，他以大无畏的革命精神，毅然抱起炸药包冲向敌群，与敌人同归于尽，年仅 28 岁。1951 年，中国人民志愿军总部为他追记特等功，授予“特级英雄”荣誉称号，同年 12 月，命名其生前所在连为“杨根思连”。朝鲜民主主义人民共和国追授他英雄称号和金星奖章、一级国旗勋章。

壮举是这样发生的
——苏 宁

不要以为只有战场
才会有血肉横飞
才会产生壮举
就在平时的分分秒秒
都暗藏着赴死的契机

歌声，如常的飘逸
早春的暖风吹出绿意
鸽哨划过蓝天
汽车在公路上争飞
恰似平静，有序
却被突发的事件打破

不远处，就是练兵营地
实弹投掷训练的秒针咔咔跳动
却跳来一阵惊悸
冒烟的手榴弹从战士手中脱落
爆炸就在瞬息
平地爆出一声呐喊
冒烟的手榴弹夺在一个人的手里
没等他扔出堑壕
那手榴弹砰然爆炸

他救下两名战友
他却再也没有爬起

歌声依然飘逸
早春的暖风依然拂绿
鸽哨依然划过蓝天
汽车依然飞驰洒下声声鸣笛
高山不会为此倾倒
河水也不会为此倒流
那天的太阳有心
那天的风儿有意……

诗歌背景墙

苏宁，男，汉族，山西省孝义市人，中共党员。1969 年入伍，生前系中国人民解放军 65435 部队参谋长。苏宁以对党对祖国对人民的无比忠诚，爱岗敬业，埋头苦干，身在基层，心系全局，成为一名具有现代军事素质的指挥员。他率先垂范，带领部队从难从严从实战需要出发，苦练军事技术，掌握打赢本领。他时刻把祖国的安危挂在心上，紧盯世界军事科学的发展进步，在做好本职工作的同时，潜心钻研现代军事理论，挤时间撰写了 70 篇学术论文。他与战士情同手足，生前曾 3 次冒着生命危险保护战友。1991 年 4 月 21 日上午，苏宁现场指挥团队建制连手榴弹实弹投掷训练。轮到 12 连投弹时，一名投弹手由于挥臂过猛，弹体碰撞到堑壕的后沿，手榴弹落在不到一米外的监护员脚下。全神贯注的苏宁看到已经拉开拉火环的手榴弹冒着白烟，在手榴弹即将爆炸的危急时刻，不顾个人安危，大喊一声“快卧倒！”一个箭步冲过去推开监护员，俯身抓起手榴弹，想把手榴弹扔出堑壕，但手榴弹还未出手就爆炸了。两名战友得救了，苏宁却身负重伤，经抢救无效光荣牺牲，年仅 38 岁。1993 年，中央军委授予他“献身国防现代化的模范干部”荣誉称号。经中央军委批准，将其画像制作印发全军，在连以上单位悬挂、张贴。

梦之舞

——邰丽华

有的梦
托付给歌声飞翔
有的梦
诉诸文字解剖世界
有的梦
交给画笔绽放理想
有的梦
糅进泥土孕育丰硕的秋天
而你的梦
长在会说话的手指上
用手指的纤细柔软
传达心灵世界的多彩多姿

喝彩如潮
来自雅典的音乐殿堂
看惯爵士，摇滚的眼睛
一改往日
迸发出惊奇，羡慕，倾倒
十个手指的魔幻之影
又诠释了另一个东方
一转身
你出现在春节舞台

光芒四射
满台喝彩
都为你的出现
欢呼，雀跃

你没有语言表达
用手指和世界对话
沉重，寂寞，忧伤
欢笑，畅想，梦幻
都通过手臂和躯体的默契
展示或诉说
张扬或暗许

这时我明白了
你的无声世界
那里有爱的斑斓异彩
那里有美的万种风情
你在那个别人体察不到的世界
行走出人生的奇迹

诗歌背景墙

邰丽华，女，汉族，湖北省宜昌市人，无党派人士。1976 年出生，现任中国残疾人艺术团团长，中国特殊艺术协会副主席。邰丽华两岁失聪，但她身残志坚，自强不息，顽强拼搏，以独特方式创造艺术，15 岁成为中国残疾人艺术团的领舞演员，28 岁成为艺术总监，塑造了特殊艺术经典《我的梦》。她领舞的《千手观音》，在 2004 年雅典残奥会上震撼世界，在 2005 年春节联欢晚会上感动国人；她创编并主演的精缩舞剧《化蝶》轰动联合国教科文组织总部。她将美奉献给世界，带领艺术团走遍祖国山山水水，出访五大洲 60 多个国家。她将爱传递给人间，带领艺术团开展大量公益慈善活动和义演，并用节俭下来的演出收入注资设立“我的梦”和谐基金，为四川地震灾区、左权革命老区捐款 296 万元，为国际慈善项目捐款 40 万美元。邰丽华以艺术与心灵之美赢得了人们的广泛赞誉，被誉为“美与人性的使者”，被世界残疾人代表大会称为“全球六亿残疾人的形象大使”，被联合国机构指定为“联合国教科文组织和平艺术家”。她是第十一届全国政协委员，被授予全国劳动模范、全国自强模范、巾帼建功先进个人等荣誉称号和中国青年五四奖章。

烧不死的灵魂
——邱少云

今天，读着你
真想扑到你身上
让那火
没有人性的火
烧着我
让那钻心的疼
疼我

我明白
战争是庄严的
更是残酷的

战争又是一个长长的链条
一环一环相扣
环环生死相系
哪怕一点星火
哪怕一点响动
哪怕一分钟的误差
都会葬送

在那一刻
你都想些什么呢

不会是蜀道艰险，峨眉耸翠
更不会是妻儿老母月下花前
你只想不让疼痛喊出声
把双手插进泥土
你只想烈火快点燃烧
让潜伏迎来胜利
这就是人民军队的纪律
是钢的
是铁的

诗歌背景墙

邱少云，男，汉族，四川省铜梁县人，中共党员。1949 年入伍，生前系中国人民志愿军第 15 军 87 团 9 连战士 1952 年 10 月中旬，在抗美援朝一次战斗中，邱少云所在营奉命担负潜伏任务。潜伏前，邱少云向党支部递交了入党申请书，写道：“宁愿自己牺牲，决不暴露目标，为了整体，为了胜利，为了中朝人民和全人类的解放事业，愿献出自己的一切”。执行任务中，邱少云在距敌前沿阵地 60 多米的草丛中潜伏时，敌人突然向潜伏区逼近，为了掩护潜伏部队，指挥所命令炮兵对敌进行打击。敌人遭到打击后出动飞机侦察，并盲目发射侦察燃烧弹，一颗燃烧弹正好落在邱少云身边，飞迸的火星溅落在他的左腿上，烧着了他的棉衣、头发和皮肉。他身旁就是水沟，只要往水沟里一滚，就可以把火扑灭。但为了不暴露潜伏部队，他严守纪律，咬紧牙关，双手深深插进泥土中，以惊人的毅力忍受着剧痛，一声不吭、一动不动，直至壮烈牺牲，年仅 26 岁。上级党委追认他为中国共产党党员。他被中国人民志愿军总部授予“一级英雄”荣誉称号，并追记特等功一次，朝鲜民主主义人民共和国追授他英雄称号和金星奖章、一级国旗勋章。经中央军委批准，将其画像制作印发全军，在连以上单位悬挂、张贴。

一个神话的终结
——杨利伟

历史永远记住这个日子
历史永远记住这个名字
那日子大写在五千年的丰碑之上
那名字雕刻在浩瀚的苍茫天宇
你是神话中的神话
你是奇迹中的奇迹

五千年，登天只在梦里
只在嫦娥的长袖里飞飘
只在传说的文学想象里
遨游太空
探寻秘密

一代人一代人畅想，思索
一世纪一世纪追求，努力
历史走到你的门槛
终于画了句号

你比第一个吃螃蟹的人
不知伟大多少倍
你不完全说明你自己
你实现了一个神话的终结

你宣告一个民族的
真正，崛起

诗歌背景墙

杨利伟，男，汉族，辽宁省兴城市人，中共党员。1965 年出生，现任中国航天员科研训练中心副主任，特级航天员。2003 年 10 月 15 日，杨利伟作为执行我国首次载人航天飞行任务的航天员，不畏艰险，敢为人先，乘神舟五号飞船在太空飞行 21 个小时，实现了中华民族的千年飞天梦想，为祖国、为人民、为民族赢得了巨大荣誉。杨利伟入选航天员之前是一名优秀的空军飞行员，面对祖国的召唤，他毅然投身全新的载人航天事业。为适应新的任务，他惜时如金，勤学肯钻，不到两年时间，学完了载人航天工程基础、航天医学基础等 10 多门高新技术课程，考核成绩全部达到优秀。为掌握过硬的航天技能，他不断挑战自我，超越自我，勇克难关，日复一日苦练，一项一项攻关，在 5 年的时间内圆满完成了 8 大类专业近百项的训练任务，熟练掌握了飞行程序和操作规程，以专业技术考核第一名的优异成绩入选首飞梯队。首飞任务中，他沉着冷静，以良好的素质、坚强的意志和过硬的本领圆满完成了党和人民赋予的神圣使命。他是中共十七大代表。2003 年，中共中央、国务院、中央军委授予他“航天英雄”荣誉称号，并颁发“航天功勋奖章”。

他不是大师，他是这样的人
——季羡林

他有时向我们走远
他有时向我们走近

一双布鞋 一系布衣
吃着玉米，小米，山芋
操着山东乡土的口音
笑声里有着泥土的朴实
小草的童真

他 就是这样的人

他有时向我们走远
他有时向我们走近

傍晚，他擦过我们的肩膀
腋下夹一摞厚书
一头扎进图书馆
不问黄昏，还是早晨
文字充当了干粮
背影日见下沉

他，就是这样的人

他有时向我们走远
他有时向我们走近

远渡重洋，披风沐雨
寻找知识的大门
战争的炮声让他关在窗外
知识的泉水让他如饥似渴
求学国外也是爱国
操笔操枪都为祖国昌盛

他，就是这样的人

他有时离我们很远
他有时向我们走近

伏下身，做一头黄牛拉犁
潜下心，做一位教徒苦吟
在梵文里探微寻妙
在佛学里求善问神
在史学里积沙堆塔
在哲学里问道求真

他，就是这样的人

他有时离我们很远
他有时向我们走近

书本在他胸中腹内堆得很高
高如山岳，浩如大海

他说“我不高，我是一滴水”
人说他是“国学大师”“学界泰斗”
他说“我不要这顶帽子，折寿”
他悄悄走时，留下一句话
学无止境，夹着尾巴做人

他，就是这样的人

诗歌背景墙

季羡林，男，汉族，山东省临清县人，中共党员、民盟盟员。1946 年回国参加工作，曾任北京大学副校长、资深教授，国际著名东方学家、印度学家、梵语语言学家、文学翻译家、教育家和社会活动家。季羡林长期在北京大学任教，在语言学、文化学、历史学、佛教学、印度学和比较文学等方面卓有建树。他精于语言，通英文、梵文、巴利文，能阅俄文、法文，尤其精于吐火罗文，是世界上仅有的精于此语言的几位学者之一。他的研究范围涉及多种学术领域，研究翻译了梵文著作和德、英等国经典，诸如梵文名著《沙恭达罗》和世界瞩目的印度两大史诗之一《罗摩衍那》等，计有包括散文著作在内的各类作品上千万字，其著作已汇编成 24 卷的《季羡林文集》，被称为“学界泰斗”。季羡林不仅学识渊博，而且具有高尚的品格。无论是“二战”期间滞留德国，还是“文革”期间被关在牛棚批斗，他都不忘祖国，不忘良知，不忘学术。他一生致力于文化交流和传播事业，尤其是为了弘扬中国优秀传统文化不懈奋斗，充分展现了一位中国学者对东方文明乃至人类文明的深切关怀和真知灼见。他被中国翻译家协会授予翻译文化终身成就奖，被印度政府授予印度国家最高荣誉奖“莲花奖”。

他叫中国

——林 浩

谁也忘不了这一幕
奥运会开幕式上
一位高举中国国旗的巨人身旁
行走着一位小小少年
这一老一小
一高一矮
对比出的强烈反差
艺术的匠心是什么呢

这一画面是“汶川大地震”的缩景
是历史的永恒见证

目光，从巨人身上，扫过
全部聚焦给这个小小少年
大地震的全景图
随即展示给 2008
　　展示给世界
看看这个从废墟里
从瓦砾里 从生死线上
爬出来的孩子
他又用单薄的坚强
挖出一个个生命

他是大爱的传承者
又是大爱的播种者
中国的希望
在这里灿烂成永恒

世人问他的名字
他叫，中国

诗歌背景墙

林浩，男，汉族，四川省汶川县人，少先队员。1998年出生，地震前在阿坝州汶川县映秀镇小学读二年级，现为成都市盐道街小学三年级学生。林浩是个品学兼优、意志坚强、机智勇敢的林浩孩子。“5 · 12”四川汶川大地震发生的那一刻，林浩正走在教学楼的走廊里，他被从上面滑落的两名同学砸倒在地。作为班长，在被埋废墟时，他带领同学一起唱歌，给被困的同学递矿泉水，鼓励同学战胜恐惧。爬出废墟后，发现一名昏倒的女同学，他立即把同学背到安全地带，交给校长。紧接着，他又一次返回废墟，救出了另一名受伤的男同学。因为救同学，林浩头部被砸破，手臂严重拉伤，但他看上去一点都不在乎，还镇定地说：“我背得动他们，我开始爬出来的时候，身上没有伤，后来爬进去背他们的时候才受伤的。”背完同学后，林浩一直没有找到自己的父母，医生给他检查完身体后，他拒绝了救助站人员帮助，自己穿好衣服，和姐姐、妹妹一起从映秀镇步行 7 个多小时，安全撤离到都江堰。2008 年 8 月 8 日晚上，林浩是唯一一位和旗手姚明走在奥运会开幕式中国代表团前面的小朋友。2008 年，他被中央文明办等部门授予“抗震救灾英雄少年”荣誉称号。

深藏冰河里的友谊之歌

——罗盛教

有一支冰河里的歌
响彻云际
和战火里的英雄之歌
同样感人，同样壮丽
时间一年一年流走
金达莱花开花落
那支歌总在心里震响
不曾抹去记忆

那是在我们的邻邦
一个盛开金达莱，生产泡菜的国度
石田里村的冰水悠悠奔流
两岸的田野有鸟儿在自由觅食
就在那冰河深处有一个倒影
鸟儿的歌唱里，还有深情的追念
追念一位年轻的士兵
把生命交给这片土地
把最后的呼吸停止在雪花的轻盈里

也许，那个叫崔莹的少年还健在
每年的一月二日他会敬香悼念
悼念他的异国恩人

悼念两国鲜血凝成的友谊
历史走得再远
那铭心的恩德不会衰老，不会走远
它触手可摸
闭目可忆

大同江的流水向东潺缓
鸭绿江的碧波滚滚奔袭
金刚山的松涛，葱葱郁郁
长白山的峰峦 逶逶迤迤
河水同脉
高山同系
怎能隔断休戚与共的命运
怎能隔断唇齿相依的友谊

历史铭刻
记忆牢记
你的名字是最好的明证
石田里村冰河里的故事
足够我们共同讲述
千秋万代
日月更替

诗歌背景墙

罗盛教，男，汉族，湖南省新化县人，中共党员。1949 年入伍，生前系中国人民志愿军第 47 军 141 师侦察队文书。罗盛教随部队参加抗美援朝作战，时刻准备为朝鲜人民的和平与安宁而牺牲奉献自己的一切，作战一往无前，英勇杀敌，多次立功受奖。1951 年 7 月，罗盛教所在部队进入临津江以东的驿谷川一带阵地。一天，连队驻地附近的安大娘家茅屋被敌机炸燃，正在连队统计实力的罗盛教不顾一切冲进茅屋，救出了安大娘和她的孙子，自己被火烧成重伤。1952 年 1 月 2 日，朝鲜北部成川都石田里村少年崔莹在冰河上滑冰时，不慎压碎冰块跌进 3 米深的冰窟里。正在冰河上练习投弹的罗盛教听到求救声后，边跑边脱下棉衣，跳进冰窟实施救助，反复几次将崔莹推出水面，因冰层太薄都失败了，最后他潜入水下，使尽全身力气用头成功将崔莹顶出水面，救出崔莹，但自己却因体力耗尽壮烈牺牲，年仅 21 岁。1952 年，他被中国人民志愿军政治部追记特等功，并被授予“一级爱民模范”荣誉称号。朝鲜民主主义人民共和国授予他一级国旗勋章和一级战士荣誉勋章。朝鲜人民军最高司令官金日成将军亲自为罗盛教烈士纪念碑题词：“罗盛教烈士的国际主义精神与朝鲜人民永远共存”。

他给我们的不仅仅是笑声
——侯宝林

那年你走后
带走了一半笑声
我们沉默在黄昏后的寂寞里
好一阵子
我们从不适中缓过神来
更感到生活中缺了什么
无法弥补
只有靠往日的记忆填充

你在，不觉得多么珍贵
我们忧烦时
会走到我们中间
一个小段
抹去心头的杂绪
顿添几多欢乐
几多快意
我们迷惘时
你会打开一把折扇
把迷雾纷扰吹散
眼前的路顿时畅通
浑身有了沐浴后的清爽

你走后
我们才觉得你的存在多么重要
我们少了路上的搀扶
少了由衷地
敞怀地笑
少了语言的引领精神
少了幽默带来的魅力

你还能回来吗
不会了
你化作一座语言大师的丰碑
让我们在仰望里，翘脚
让我们在回忆里，鼓翼

诗歌背景墙

侯宝林，男，满族，天津市人，生前系中国广播艺术团艺术指导。著名相声表演艺术家。第四、五、六、七届全国人大代表，第三届全国政协委员。侯宝林幼年家境贫寒，4 岁时被舅舅送到北京，11 岁起拜师学艺，经过多年艰苦奋斗，他的相声表演日臻成熟，成为名角。抗日战争期间，他与郭启儒合作，在京津一带演出，以高雅的情趣、质朴的格调、正派的台风赢得广泛赞誉。新中国成立后，侯宝林更焕发了艺术青春，他立志相声改革，一面对一些传统相声进行修改、加工，一面又创作了一些反映现实生活的新相声。在半个多世纪的艺术生涯中，他创作和表演了《戏曲与方言》《戏剧杂谈》《夜行记》《关公战秦琼》《醉酒》《戏迷》等数百个段子，其中很多家喻户晓、妇孺皆知，为几代人所喜闻乐见。他录制的唱片行销国内外，他应邀出访国外，足迹所至，名声大震，被誉为世界级的“幽默艺术大师”、“东方的卓别林”。他还注重相声理论研究，并与人合著了《相声溯源》《相声艺术论集》等多部专著。他的相声富有知识性、趣味性和思想性，把相声艺术变成团结人民、教育人民、鼓舞人民奋发向上的艺术形式，对相声艺术的发展起到了承前启后、继往开来的作用。

暴风雪中的姐妹花

——草原英雄小姐妹

她们是草原上的花朵
她们是我们的女儿
她们在我们的呵护下长大
是我们理想延伸的藤蔓

她们不时从记忆中走出
拉出暴风雪的狂暴
赶着可爱的咩咩叫的羊群
穿过风卷雪花的迷障

不难想象 那风的怒吼
那雪的张狂
那羊群面临的大灾大难
以及姐妹花的焦急

你们太稚嫩了
还在妈妈的衣裙下，玩耍
但你们已长大了
懂得集体在心中的分量

每一只羊，都是集体的星星
每一只羊，都是生产队的光芒

它们挤出的奶可以滋补
牧马人的强健
它们的皮毛可以送出山外
换回社员的花衣裳

当暴风雪退去之后
姐妹花倒在拦回的羊群里
当阿爸，阿妈赶到的时候
姐妹花把羊群完整无缺的
交到集体的手里

草原沉默
大地无语
红领巾映红了大草原
太阳也说姐妹花的绚丽

诗歌背景墙

姐姐龙梅，女，蒙古族，辽宁省阜新县人，中共党员，1952 年出生，曾任内蒙古自治区包头市东河区政协主席；妹妹玉荣，女，蒙古族，辽宁省阜新县人，中共党员，1955 年出生，曾任内蒙古自治区政协办公厅副主任、民族和宗教委员会主任。1964 年 2 月 9 日，龙梅（12 岁）玉荣（9 岁）姐妹俩替父亲出去放牧集体的羊群，因遭遇突袭的暴风雪，羊群顺风乱窜，姐妹俩人无法拢住羊群，在这紧急的时刻龙梅对妹妹说："快去叫阿爸帮咱们拦羊。"小玉荣听了姐姐的话，掉转头顶着风雪拼命地跑，但当她发现姐姐一个人在暴风雪中的时候，没有自己这个帮手，羊群越发乱了。小玉荣顾不得再去叫阿爸，立即返回羊群，与姐姐拼命追赶羊群，努力不让一只羊丢失。从当天中午到第二天天亮，她们与暴风雪搏斗了 20 多个小时，年幼的妹妹筋疲力尽，昏倒在雪地里，姐姐继续追赶着羊群，集体的羊群最终安然无恙，姐妹俩却严重冻伤。经过干部群众的大力营救，英雄小姐妹才双双脱离生命危险。但由于冻伤严重，龙梅失去了左脚拇趾，玉荣右腿膝关节以下和左腿踝关节以下做了截肢手术。草原英雄小姐妹是第四、五届全国人民代表，龙梅还是中共十大代表，玉荣被评为全国自强模范。

他们是唐山人
——唐山十三农民

你知道煤的热能
就知道啥叫唐山人
你知道钢的硬度
就知道啥叫唐山人
你知道青纱帐的广大
就知道啥叫唐山人
你知道滦河水的大度
就知道啥叫唐山人
他们是从大地震中走出来的火焰
他们就叫——唐山人

还记得春晚吗
《俏夕阳》影调里的欢快里
那就是唐山人中的女人
她们的男人也是这般豁达开朗
正因为他们心中
有煤
有钢
有大地震的感动
才筑就了他们坦荡的胸怀
才筑就了他们感恩的美德

就是从那一刻起
从废墟里爬出来的唐山人
把所有的艰险担当
把所有的困苦担当
哪里有险，就冲向哪里
哪里有难，就伸出手臂
不分你我
不分远近
我们都是中国人

不要说唐山人有多伟大
不要说唐山人有多高尚
不要说唐山人有多勇敢
不要说唐山人有多智慧
他们只懂得一句话
——知恩
感恩

诗歌背景墙

宋志永、杨国明、杨东、王加祥、王得良、宋志先、王宝国、王宝忠、曹秀军、尹福、宋久富、杨国平、王金龙等村民，河北省唐山市玉田县人，年龄最大的 62 岁、最小的 19 岁。

2008 年初，特大雨雪冰冻灾害袭击了南方大部分地区，灾情牵动着全国人民的心。大年三十下午，宋志永和 12 名乡亲租了一辆中巴车奔赴灾区湖南郴州抗击雨雪冰冻灾害，正月初二上午到达郴州电力抢险指挥部，成为公司一支编外“搬运队”。他们每天起早贪黑、踏雪履冰，为抢修工地扛器材、搬材料、抬电杆，一干就是半个多月，直到完成任务后才返回家乡，他们被当地媒体誉为“唐山十三义士”，被郴州市授予“荣誉市民”称号。2008 年 5 月 12 日下午，宋志永和 12 位农民兄弟得知四川汶川发生了大地震，他们又主动来到灾情最重的四川北川县城，成为最早进入北川抗震救灾的志愿者之一。他们用最原始的方法——铁锤砸、钢杆撬、徒手刨，不断寻找幸存者。他们与解放军官兵等一起抢救 25 名幸存者，挖掘搜寻了近 60 具遇难者遗体。后来，宋志永又将 246 名灾区孩子接到唐山玉田上学。宋志永被团中央评为全国五四标兵，获得中国十大杰出志愿者集体负责人等荣誉称号。

行走中，总有回眸的时候
——雷 锋

你有时走，你有时回
走时，往往是迷惘
来时，往往是清醒

你总在，无私与利己中推来推去
有人信仰，有人怀疑
时间就在争辩中走去

有人怀疑你手上的伤疤
也把手表，皮夹克的事摆上大纲
竟怀疑你手中的方向盘是否正确

但不变的是你假日推车的身影
校外“红领巾”的霞彩
还有那本发黄的日记

探亲的大嫂归程的车票
半路上搀扶大娘回家的手臂
寄往灾区的一次次钱币

你是那个需要勤俭的年代
勒紧腰带野菜充饥的年代

唯一的一颗星火，一把火炬

你感动了整个中国的山河
激起了沉默，寂寞的涟漪
把埋藏贫困背后的良心唤起

人活着，不仅仅是为了自己
为大多数人活着的哲学
更接近人生的终极目的

你走了，你来了
都是一面旗帜的时隐时现
都是一种精神的永恒定律

诗歌背景墙

雷锋，男，汉族，湖南省望城县人，中共党员。1960 年入伍，生前系中国人民解放军 65639 部队汽车连班长干部。

雷锋出生于贫苦的农民家庭。解放后，怀着对党和人民的感激之情，甘当革命的“傻子”，把自己有限的生命投入到无限的为人民服务之中。他虽然只有小学文化，但刻苦学习科学文化知识，认真研读马克思主义理论，“雷锋日记”真实记录了他对党的事业的坚定信念。他始终以“螺丝钉”精神，干一行、爱一行，最苦最累的活，他总是冲到最前面。他乐于助人，关心同志，无论在部队，还是到外地，只要遇到别人有困难，他都尽全力帮助。“雷锋出差一千里，好事做了一火车”当年传为美谈。他生活俭朴，把省吃俭用积存起来的钱，基本都捐寄给受灾群众和需要帮助的战友。1960 年，在国民经济困难时期，他一次捐款就达 200 元。他长期义务担任校外辅导员，通过为中小学生买书、送文具，讲自己的成长经历等，激励青少年成长。1962 年 8 月 15 日，他执行运输任务时不幸殉职，年仅 22 岁。

1963 年，毛主席为雷锋题词：“向雷锋同志学习”。国防部命名他生前所在班为“雷锋班”。经中央军委批准，将其画像制作印发全军，在连以上单位悬挂、张贴。

她的脚印留在了珠穆朗玛峰
——潘 多

高过山鹰翅膀的
只有眼睛
高过云彩衣裳的
只有天空
潘多的脚板登上
珠穆朗玛的头顶
天空之下
云彩之上
有她的梦鸽飞翔

有人计算过她攀登的高度
但很少有人计算过她汗水的重量
用冰刀雪剑堆起的山体
用巉崖陡壁铺设的山路
一步一艰险
一步一惊魂
哪一步都是用汗水浇化
哪一段都是用毅力战胜

难以想象的极致之美
难以描画的惊险图景
一个藏族女儿

一只雪山雄鹰
把所有颂词加给她
也难以表达她的大勇

那是人类攀登的极限
那是古往今来从未有人
抵达之境
那是死亡招手的地方
山神也很少问津
潘多上去了
她站在朗玛的顶峰
我似乎看到她
抓一把白白的云朵擦汗
又摘下一颗星星

她啊，山鹰中的山鹰
她啊，雪峰之上的雪峰

诗歌背景墙

潘多，女，藏族，四川省德格县人，中共党员。1938 年出生，1958 年参加工作，江苏省无锡市体委原副主任。潘多是第一位从北侧登上珠穆朗玛峰的著名女登山运动员。她原是拉萨西郊“七一”农场的一名工人，1958 年 12 月参加中国登山集训队。潘多从小热爱登山运动，不论是跑步还是负重行军，她从不落后男队员一步；她意志坚强，再苦再累从不吭声。她 1959 年 2 月 4 日登上 6330 米的唐拉堡峰，同年 7 月登上新疆慕士塔格顶峰，创造了女子登山高度世界纪录。1961 年 6 月 17 日她与另一名运动员一起登上 7595 米的公格尔九别峰，再次打破女子登高世界纪录。1975 年她已经 37 岁了，而且是 3 个孩子的母亲，但作为中国登山队副队长，她克服了常人难以想象的困难，与 8 名男队员一起，于 5 月 27 日从东北山脊登上海拔 8848.13 米的珠穆朗玛峰，成为世界上第一个从北坡登上世界最高峰的女运动员，充分体现出了中国登山队员不畏艰险、顽强拼搏、勇攀高峰、为国争光的精神，展现了新中国妇女自强不息、勇于奉献的精神风貌。她是第五至九届全国人大代表，两次获国家体育运动荣誉奖章，获得全国三八红旗手等荣誉称号。

梦之轮椅

——张海迪

面对你的微笑
我有时诅咒上帝的不公
山可以拥有大地
海可以拥有海域
那么多空间
为什么你不可以占有
上帝只赐给你一把轮椅

一把轮椅
浓缩的固体的空间
框起一朵花的妖艳
春光在户外
河水在坡下自由地流淌

一把轮椅
拦住鸟儿的翅膀
不远处，枫树摇曳成秋的醉红
蝴蝶翩飞
氤氲在后院的土地上升腾

有时，我更多的替你感谢上帝
它给正常人一双腿

多亏它给了你一把轮椅
你可以变换不同角度审视生活
视野更宽
更可以窥到更多的信息

不是吗
自从你有了这把轮椅
你便迎来了一个个花季
轮椅上的梦展翅飞翔
打破了时空
穿越了季节
随时可以播种
随时可以摘取

轮椅上有你的大千世界
轮椅上有你的爱情圣地
你驾驭文字之舟畅游人生
拓展出一片惊奇
你打磨的心灵诗篇
像小鸟，声声叫春叫夏
像细雨，滴滴如糖似蜜
所有的爱
从此出发
去抚摸轮椅之外的心灵
所有的梦
从此启航
去拥抱高山的巍峨
去描绘梦幻的美丽

诗歌背景墙

张海迪，女，汉族，1955 年出生，山东省济南市人，中共党员。现任中国残联主席，第十一届残疾人运动会暨第八届特殊奥林匹克运动会组委会主席。张海迪 5 岁时因患脊髓血管瘤高位截瘫，她以顽强的毅力先后自学了中小学、大学和研究生课程，还自学了多门外语，获得哲学硕士学位。15 岁时她随父母下放到聊城市莘县农村，她给村里的孩子教书，并且克服种种困难学习医学知识，热心地为乡亲们针灸治病，在莘县期间无偿地为人们治病一万多人次。1983 年，张海迪开始从事文学创作。40 多年来，她以顽强的毅力克服疾病和困难，出版了长篇小说《轮椅上的梦》《绝顶》《天长地久》，散文集《鸿雁快快飞》《向天空敞开的窗口》《生命的追问》《美丽的英语》《我的德国笔记》等，翻译了《莫多克——一头大象的真实故事》《丽贝卡在新学校》等外语著作。多年来，张海迪在坚持学习和创作的同时还做了大量的社会工作。她经常去福利院、特教学校看望孤寡老人和残疾儿童，给他们送去礼物和温暖，为残疾人事业的发展作出了突出贡献。她以自己的演讲和歌声鼓舞着无数青少年奋发向上。她身残志坚、自强不息，不仅激励着残疾人，还极大地鼓舞了当代青年人。她被授予全国劳动模范、全国优秀共青团员等多项荣誉称号。

他的存在，和石油有关
——李四光

把目光投向大山的曲线
投向隆起的大大小小的包块
投向冰冷的沉默的岩石
就发现有一柄铁锤
在岩石间敲打，叩问
岩石的对面，有一双眼睛
目光把时间穿透

敲打过的石块
用帆布袋背回来
然后，经过一番仔细的会诊
把那些石头依序排列

说不准
石油，钢铁，金银什么的
就从石头里流出来

我要说的人，就是这样的人
他的眼睛透过岩石的断层
能穿透时光的隧道
千万年，亿万年，亿亿万年
他的铁锤敲遍

太行，天目，黄山，庐山之后
就断言，华夏大陆有石油

就在他的断言之后
大庆，胜利
大港，江汉
排队走来 油海连成油海
缺石油的历史终结了
中国 泱泱大国
可与世界齐肩
英气豪迈

他的存在
就是那段历史的存在
假如没有他看到地下油龙潜伏

今天 我们恐怕还在
梦中 徘徊

诗歌背景墙

李四光，男，蒙古族，湖北省黄冈市人，中共党员。生前系中科院地质研究所所长，曾担任全国政协副主席。著名地质学家。中国科学院学部委员（院士）、苏联科学院外籍院士。新中国成立之后，李四光排除干扰，从英国秘密回国，历经周折，于 1950 年 5 月，出席了中国人民政治协商会议第一届全国委员会第二次会议。尽管年事已高，但他以饱满的政治热情，奋战在科学研究和国家建设的第一线，为我国的地质、石油勘探和建设事业作出了巨大贡献。他先后在太行山、九华山、天目山、庐山、黄山、扬子江流域等地发现了大量遗迹，用科学事实推翻了外国人“中国没有第四纪冰川”的错误结论。他创立了地质力学，并以力学的观点研究地壳运动现象，探索地质运动与矿产分布规律、新华夏构造体系的特点，分析了我国的地质条件，证明中国的陆地一定有石油，从理论上推翻了“中国贫油”的结论，肯定中国具有良好的储油备件。

1956 年，李四光主持石油普查勘探工作，在很短时间里，先后发现了大庆、胜利、大港、华北、江汉等油田，不仅摘掉了“中国贫油”的帽子，也使他独创的地质力学理论得到了最有力的证明。

一位掏粪工的精彩人生
——时传祥

你干的是最脏的工作
你却有着最干净的思想
你干的是最平凡的事业
你却拥有最伟大的光荣
你用双手和掏粪勺
诠释着一个普通的道理
没有丑陋低贱的工作
只有丑陋低贱的思想

空气为什么这么清新
燕子知道
道路为什么这么清洁
花儿知道
街巷为什么这么干净
车轮知道
他和太阳一起起床
他和月亮一起下岗
脏啊 臭啊 累啊
他从不上心
粪桶一背
比骑马坐轿还荣光

他坚守的地方
苍蝇不去了
他走过的地方
老鼠不来了
他流汗的地方
灰尘远飞了
像他的名字
他走到哪里
就把清爽，愉悦传递到哪里
他走到哪里
哪里就扎根舒适扎根吉祥

他温暖了一座城市
一座城市也记住了他

诗歌背景墙

时传祥，男，汉族，山东省齐河县人，中共党员。第三届全国人大代表。1929 年参加工作，生前系北京市崇文区清洁队（现北京市崇文环卫三队）工人。时传祥是崇文区环卫战线的一名普通掏粪工人。他以“宁愿一人脏，换来万家净”的崇高精神，在平凡的环卫岗位上无私奉献一生，为首都的环卫事业做出了不平凡的贡献。1929 年，年仅 14 岁的时传祥逃荒到北京当了一名掏粪工。解放初期，由于工作努力，在工友中享有很高的威信，他被推选为前门区粪业工会委员兼工会小组长，他经常带领大家开展忆苦思甜教育，以自己的实际行动报答党恩。1958 年，崇文区清洁队改用汽车运粪，他与工友们一起钻研，进行技术革新，增加了掏粪量。他不仅立志自己一生投身环卫事业，而且非常关心环卫事业的后继与发展。从 1962 年开始，他承担起对分配来的初、高中毕业生的传帮带任务，帮助青年人树立“工作无贵贱、行业无尊卑”、一心一意为人民服务的思想。时传祥以无私奉献的崇高品质赢得了全社会的尊重，他向人们生动诠释了劳动的光荣和生命的价值，他是全心全意为人民服务的优秀典范。1959 年被授予全国劳动模范荣誉称号。

未走远的歌声
——李向群

大堤上每一粒石子
都记得他
大堤上每粒砂子
都记得他
咆哮的洪水不得不
止息了怒吼
拍打着大堤的崖壁
呼唤他的名字

他是唱着歌声走的
他是抓着一把泥土走的
他是抱着一团涌浪走的

他是眼望着家园走的
他不遗憾
尽管他只有 20 岁的花季
尽管他只有 20 个月的军旅生涯
他满足了
因为他终于挑战了自我

他走时
留给我们一个朴素得比泥土

还朴素的哲理
富裕了，不等于自己
父辈的财富不是安乐的摇篮
从手下诞生的哪怕是一棵小苗
那也是属于自己的春天

祖国母亲十月的庆典里
她清点阳光下的儿女
他一路跑来向母亲报到
风一样的，洒脱
鹰一样的，英气
母亲笑了
还有什么比这笑容更灿烂
他是太阳的光芒
国旗招展的笑意

诗歌背景墙

李向群，男，汉族，海南省琼山市人，中共党员。1996 年入伍，生前系中国人民解放军 75121 部队 9 连战士。李向群成长在一个改革开放后富裕起来的家庭，他家富不忘报国，主动放弃优裕生活从军入伍，在部队大熔炉里，他由一名普通青年成长为合格战士、优秀士兵和共产党员。参军不到两年，他记下了 5 万多字的读书笔记，获得法律单科结业证，两次被评为全团训练尖子。在 1998 年长江流域抗洪抢险战斗中，突击队员名单里本来没有李向群，但 4 次递交决心书，强烈要求参加部队的抢险突击队。连日发烧的他带病坚持战斗，先后 4 次晕倒在大堤上，被送进医院救醒后，又拔掉输液针管上堤战斗，终因劳累过度，壮烈牺牲，年仅 20 岁。为了保护国家和人民利益，他置个人生死于度外，以其 20 年短暂生命和 20 个月的短暂军龄，展现了崇高的人生追求、强烈的进取意识、高尚的道德情操和无私的献身精神，谱写了壮丽的人生凯歌。他被中央军委授予“新时期英雄战士”荣誉称号，获得中国青年五四奖章，被广州军区授予“抗洪勇士”荣誉称号。经中央军委批准，将其画像制作印发全军，在连以上单位悬挂、张贴。

“八一”光辉映照下的“水神”
——李国安

水龙舞动在戈壁滩上的时候
就是他心花怒放的时候
阿妈，阿爸手捧甘泉的时候
就是他落泪的时候

滔滔泉水在地下活埋了百年千年
牧民，羊儿，马儿也干渴了百年千年
苦巴巴的日子被风风干的日子
送走了一个个舍不得洗脸的嫁女

盼水，喊水，梦水
名字起了一串，喊呆了太阳月亮
也没有喊来水的消息，水的绿意

一双解放鞋踏碎大漠的沉寂
红五星的光芒耀开戈壁的眼睛
轰鸣的钻头穿透地壳的心脏
特殊的水战拉开特殊的战阵

有谁能相信，带兵打仗的军人
会破解地下水的密码
有谁能相信，一群青年娃娃

会结束千年无水文的苍白历史

在阿妈的奶茶香里
钻井机的呼啸震醒了月亮，星星
在阿爸牧羊的嘶哑的呼喊声里
一口口井眼镶嵌在草原的胸膛

直到有一天，在牧民们梦幻结束的边缘
一声历史性的呼喊
“出水啦！”“出水啦！”
千里戈壁，千里草原，升腾起水的长龙

那仁花的姑娘跨出帐篷，欢舞
巴特尔的小伙丢下羊群，狂奔

牧民们涌向水龙奔泻的井口
欢声与泪花抛向浩莽的天空

历史的一幕发生了
雪白的哈带举向头顶
是戈壁举着，是草原举着
献给绿衣的“草原水神”

是他的到来，旱魔掉头跑了
是他的到来，水龙乖乖被擒
喝咸水、污水的历史结束了
甘甜沁肺的泉水流进了嘴唇

历史的目光投向草原的鞍马征战
投向勒勒车的远古印痕

哪朝哪代哪有打井送水的军队
只有党的心里装着马鞍上的牧民

水来了，春天不走了
草原四季有了，泉水的流韵
阿妈的铁锅里终年有水的歌唱
撒欢的羊群，马群，驼群有了
舒心地畅饮

诗歌背景墙

李国安，男，汉族，四川省成都市人，中共党员。1946 年出生，1961 年入伍，内蒙古军区原副司令员。

李国安长期战斗在条件艰苦的祖国北疆，任给水工程团团长 13 年间，为解决困扰边防部队和边疆人民“吃水难”的问题，他和党委“一班人”带领广大官兵，转战大漠戈壁，历尽千辛万苦，跋涉 24800 公里，打井 580 余眼，先后圆满完成了解决边疆军民吃水用水难的“952”工程、张家口地震灾区的“百眼救灾扶贫井”工程、解决内蒙古贫困地区农牧民吃水难的“992”工程等，造福 10 万群众，被誉为“草原水神”。李国安还刻苦学习专业理论，成为水文、地质、物探、钻探等专业的行家，带领部队勘察了八千里边防线，收集了 2 万多个水文地质数据，对北部边疆地区进行了全面详细的水文地质普查，新完成普查面积 8.4 万多平方公里，重复验收完成普查面积 24 万平方公里，调查水源点 4000 多个，采集各种实验样品 7000 多个，建起全军第一个水文地质实验室，填补了内蒙古北部边疆无水文地质资料的空白。他以实际行动践行了“上不愧党，下不愧兵”的庄严承诺。他是中共十五大代表，被授予“全国优秀共产党员”荣誉称号，先后荣立一、二、三等功 5 次。中央军委授予他“模范团长”荣誉称号。

世间最硬的是他的胸膛

——黄继光

敌人的机枪狂扫的时候
他醒了，这是他负伤之后
伤痛令他窒息的时刻
他被敌人的疯狂叫啸震醒的
一双充血的眼睛
盯住雪天压暗的山峰

上甘岭，零号阵地
被敌人卡着脖子
就像钻进一个黑洞
照明弹是一团鬼火
把阵地赤裸地撕掉伪装

他又一次从梦中振作
向敌人的火力点
扔去最后一颗手榴弹

敌人发怒了，敌人发狂了
像疯狗扑来
火力点喷吐着火舌
向我冲锋部队，狂射

复仇，使他忘了自己
伤痛，使他忘了自己
阵地上跃起的不是肉体
是中国军人的尚武精神
碉堡上堵住的不是肉体
是蜀国汉子的 21 岁青春

这天的雪夜啊
是何等的皎洁
雪封的上甘岭啊
是何等的威严
就在他用胸膛堵住枪眼的时刻
艾森豪威尔的眼镜掉在地上
五角大楼也在微微发颤

诗歌背景墙

黄继光，男，汉族，四川省中江县人，中共党员。生前系中国人民志愿军步兵第 135 团 2 营通信员。在上甘岭战役中，黄继光所在部队受阻于零号阵地。关键时刻，黄继光挺身而出，带领两名战士冲了上去，连续摧毁敌人多个火力点。两名战士一名牺牲，一名负伤，他也身负重伤。美军照明弹将阵地照得如同白昼，几条火力点交叉扫射。他趁手榴弹爆炸产生烟雾的时候，拖着受伤的身体顽强爬向最后一个火力点。接近美军中心火力点时，他用力甩出最后一颗手雷。手雷在离美军不远的地方爆炸了，美军火力点被炸掉半边，美军的机枪顿时停止了射击，黄继光也被震昏了。就在部队发起冲锋时，美军火力点内残存的机枪又吼叫起来，向志愿军冲锋部队疯狂扫射，部队攻击再次受阻。

这时，黄继光醒来了，但弹药已经用尽，他便忍着伤痛，艰难爬到地堡射孔，毅然跃身而起，张开双臂，向火力点直扑上去，用胸膛堵住疯狂扫射的敌枪眼，以生命为战友开辟了前进道路。他牺牲时年仅 21 岁。1953 年，他被中国人民志愿军总部追记特等功，追授“特级英雄”荣誉称号，并荣获朝鲜民主主义人民共和国英雄称号和金星奖章、一级国旗勋章。经中央军委批准，将其画像制作印发全军，在连以上单位悬挂、张贴。

清川江啊，清川江……
——杨连第

战争的步伐暴雨般行进
洗刷着三千里江山的容貌
江北，正义之师待渡
江南，邪恶之魔逞凶
时间在牙缝里爆出火星
抢渡，抢渡

清川江啊 清川江……

七月的洪水随战争的炽烈而暴涨
桥墩歪倒在奔马似的激流里
桥板一块块悬挂成敌人的死尸

坦克阻在江北
大炮阻在江北
杀敌的决心烈火阻隔在江北

清川江啊，清川江……

涂抹星条旗的飞机在头顶叫阵
炸弹一串串抛向大桥的两侧
他，从炸雷的轰鸣中闪出

身后是一排顶天立地的金钢
双脚踩住江水的暴戾
肩膀扛起架桥的钢梁

清川江啊，清川江……

敌火下，桥面一节节延伸
战歌，在江流上昼夜传唱
敌人可以无数次炸毁大桥
却阻不住志愿军的英勇豪强
有他在，大桥就在
有他在，道路就畅

清川江啊，清川江……

诗歌背景墙

杨连第，男，汉族，天津市北仓镇人，中共党员。1949 年入伍，生前系中国人民志愿军铁道兵 1 师 1 团 1 营 1 连副连长。杨连第 1949 年参加中国人民解放军。同年 8 月，他所在的部队奉命抢修陇海路八号桥，桥 45 米，是全国有名的险要工程。杨连第脚踩单面云梯只身飞步登上桥墩，仅以一块木板作掩护，轻伤不下火线，连续三天爆破百余次，炸平 5 座桥墩顶面，荣立大功一次，并被授予“登高英雄”称号。1950 年 11 月，杨连第参加中国人民志愿军，在朝鲜战场多次出色完成大桥抢修任务。1951 年 7 月，当清川江大桥被洪水冲毁，杨连第带领一个排的战士，头顶美机的狂轰滥炸，采用“钢轨架浮桥”法，在 6 米 / 秒的激流中，奋战 30 多个昼夜，12 次架设铁路浮桥，保证了军需物资及时运往前线并使正桥顺利抢通。1952 年 5 月 15 日，已升任副连长的杨连第正在清川江大桥上指挥起重钢梁时，一颗定时炸弹突然爆炸，一块弹片击中他的头部，壮烈牺牲，年仅 33 岁。他被中国人民志愿军追授为“一级英雄”“特等功臣”，他生前所在连队被命名为“杨连第连”。朝鲜民主主义人民共和国追授他英雄称号和金星奖章、一级国旗勋章。

有一种姿势被我们反复崇拜
——焦裕禄

时光的隧道里，影影绰绰
过往的是人，是对人的记忆

一个人的存在，如同大山
他的存在，如同大河的流淌

他走了，大山被他羽化还在
他走了，大河被他虚幻还在

现在，我终于明白了
明白了一双脚踏进茅屋的意义
还有他，生前依靠的年代
在生命的底部，呼唤新生

泡桐们，在他的拐杖点到的地方落户
沙的河流，在他双脚丈过的地方一寸寸止步

时间不是他的，只有汗水属于他
身体也不属于他，只要群众需要

我们常常欣赏玉石的纯洁剔透
那么，他的情呢，他的心呢

一种姿势被我们反复崇拜
这就是他，就是他手抵肝区的状态

还有他坐过的，烙印病态的藤椅
风雨过后，更显它的宽广和不朽

时间走得再远，土地，河渠不走
因为有了回忆，我们的心境无比畅快和舒展

诗歌背景墙

焦裕禄，男，汉族，山东省淄博市人，中共党员。1946 年参加工作，生前系河南省兰考县县委书记。

1962 年 12 月，焦裕禄调任兰考县委书记后，面对危害老百姓生产生活的三大灾害——内涝、风沙、盐碱，他带领全县人民全身心投入封沙、治水、改地斗争。他身先士卒、以身作则，风沙最大的时候，带头去查风口，探流沙；大雨瓢泼的时候，他带头踏着齐腰深的洪水察看洪水流势；风雪铺天盖地的时候，他率领干部访贫问苦，登门为群众送救济粮款。他经常钻进农民的草庵、牛棚，同普通农民同吃同住同劳动。他忍着肝病的折磨，靠着自行车和铁脚板跋涉 5000 余里，对全县 149 个生产大队中的 120 多个进行走访，把所有的风口、沙丘、河渠逐个丈量、编号、绘图，制定了治理“三害”的科学规划。有时肝区疼得直不起腰、骑不了车、拿不住笔仍然坚守岗位、冲在一线。他总是在群众最困难、最需要的时候，出现在群众面前。他心里装着全县人民，唯独没有自己。他带领全县人民艰苦奋斗，植树治沙，取得了显著成效。1964 年 5 月，焦裕禄因肝癌不幸病逝，年仅 42 岁。他被誉为“县委书记的榜样”。1966 年，他被河南省人民政府追认为革命烈士。

人间大美的化身
——梅兰芳

世间，本没有完美的事物
人们却痴心地认为你最完美
是他们陶醉于你的唱腔和扮相
说你字正腔圆，至臻，至美
我说你的完美还不止于此
是你走下舞台，卸下戏装
还原男人的时候
你的另一种美
构筑了人间的真善美的大厦

我远远看到你飘扬的长袖
我隐隐约约听到你的唱腔
飘自哪里
响自何方
你的戏根深扎的地方
生长着中华民族
台下倾听的是黄种人群
做派里，充盈着华夏文化的风韵
唱词里，响彻着大中国的风骨

突然一天 台下坐满挎洋刀的人
他们来自东瀛岛国

太阳旗上大写“东亚共荣”
他们累了，要听“美女”唱戏消遣
你挥袖离去

你挥袖离去
竟然留起胡须
还自己注射伤寒药针罢演
不惜“玉女”的身体
太阳旗在中国扬威了 14 年
你的胡须留了 5 年
舞台，竟成了你的伤心之地

同样也是东瀛
你却深深播种着友谊
那是 14 年战乱之后，你又来到大坂
送来了清丽婉转的戏腔
送来了姣美的贵妃风采
在你的行囊里
珍藏着一对精美的景泰蓝袖扣
这是你 30 年的心血积淀
在大坂，你要寻找一位叫今井的友人
这袖扣是你们友谊的见证

授赠袖扣的今井已经走了
你把袖扣端放在他的遗像前
泪水诉说离别后的相思
今井听不到你的美妙的唱腔
却记得你有一颗大善大美的心灵

你活出了一个时代的风采

你是一个时代的记忆
人们铭刻了你的名字
那名字和大美在一起，和大爱在一起
和大中华的艺德在一起

诗歌背景墙

梅兰芳，男，汉族，江苏省泰州市人，中共党员。生前曾任中国戏曲学院首任院长，中国京剧院院长，中国文联副主席。著名京剧表演艺术家。梅兰芳出身于京剧世家，在五十余年的舞台生活中，他精心钻研，勇于革新，取得了丰硕的艺术成就。他不但继承了京剧传统艺术中的精华，并在此基础上对京剧旦角在唱、念、做、舞、音乐、服装、扮相和剧目各个方面进行了全面、丰富的创新和发展。这些创新和发展，将京剧旦角的演唱和表演艺术提高到一个新的水平，达到了完美的境界。他创立的”梅派”艺术体系成为旦行中影响极其深远的流派。其艺术成就对现代中国戏曲艺术的发展起了承前启后的作用。以梅兰芳先生为代表的中国戏曲表演艺术，与斯坦尼斯拉夫斯基表演体系、布莱希特表演体系并称为世界三大表演体系。抗日战争期间，他排演的《抗金兵》、《生死恨》，给当时如火如荼的抗战戏剧运动，增添了一笔浓烈的色彩，极大地鼓舞了中国人民奋勇抗敌的决心。

1941 年，他毅然蓄须明志，不畏日伪政府的威逼利诱拒绝演出，息影舞台，表现了一代艺术大师不屈不挠的刚强骨气。梅兰芳先生在促进我国与国际间文化交流方面作出了卓越的贡献。他是第一届全国人大代表，1952 年，获得第一届全国戏曲观摩演出大会荣誉奖。

你的所有作品里，大写着“中国”
——老舍

我们都在《茶馆》里喝茶
越喝越浓，浓里有市井的味道
我们都在《四世同堂》里吃饭
越吃越香，香里有些凄苦
我们都在《骆驼祥子》里聊天
越聊越有趣，趣味里有着爱的无奈
我们都在《龙须沟》里来往
脚步里有从沉重到轻松的感觉

你用刀笔剥离着旧中国
一层一层，让我们看血管的走向
心脏的跳动
你又用刀笔剥离人心
一层一层，让我们看丑恶的状态
真善美的殷红
你，慷慨地解剖一个旧中国的心脏
动员我们
为她充血，为她抗争

作家是什么
不是玩物丧志
更不是逸志闲情

作家是用心编排汉字
编排着美好近景和远景
让我们向往，让我们憧憬
让我们一步步向前
走向理想的“挪亚方舟”

老舍 你把自己的一切都舍弃了
让美好朝我们招手

诗歌背景墙

老舍（1899—1966）原名舒庆春，男，满族，北京市人，无党派人士。生前系全国作协副主席、北京文联主席。著名小说家、戏剧家。老舍一生创作了 800 多万字的文学艺术作品。1924 年，他应聘赴英国伦敦大学讲授中文，其间创作了《老张的哲学》等长篇小说。1930 年回国，他先后任教于齐鲁大学、山东大学，其间完成了《猫城记》等长篇小说、《赶集》等短篇小说集以及大量散文诗歌的创作，其中《骆驼祥子》等名篇成为中国现代文学经典。1937 年，抗日战争爆发后，老舍南下投身抗日救亡运动。1938 年他被选为“中华全国文艺界抗战协会”理事兼总务部主任。抗战期间，他创作了大量讨伐日本侵华罪行、鼓舞军民斗志的文艺作品。1946 年，他赴美讲学，完成《四世同堂》和《鼓书艺人》两部长篇小说，其中，《四世同堂》叙述北平沦陷区人民由忍辱到抗争的过程，被称为史诗性的巨作。1949 年回国后，他创作了长篇小说《正红旗下》、话剧剧本《龙须沟》、《茶馆》等作品，其中，《茶馆》成为新中国话剧史上最杰出的剧目之一，也成为世界剧坛的艺术珍品。他是第一、二、三届全国人大代表，第四届全国政协常委，被北京市人民政府授予“人民艺术家”称号。

三尺柜台旁的风流
——张秉贵

你的岗位，是三尺柜台
说大也大
面向百万群众
心系万户千家
人们从你手里接过火的热情
转身化为一天的清爽潇洒

最早，你发明了“柜台服务艺术”
填补了艺术词典的空白
更重要的是填补了冷漠的人心
服务人民是高尚的情怀
“一抓准”“一口清”
我们从你手里节约出更多时间
接过的不仅仅是一包茶 一包糖
是满心的甜蜜和芬芳
有谁能称出一包茶的分量
他的微笑胜过四月的春风

你的岗位，是三尺柜台
说小也小
它只立在空间的一角
只盛得下一个人的微笑

这里却是大海的源头
涓涓细流
滚滚浪花
都从这里启程，出发

八方的脚步，匆匆
奔向你
攒动的微笑，朵朵
涌向你
你走进人们的锅碗瓢盆
你是人们离不开的疼爱
驻在嘴边的不老佳话

诗歌背景墙

张秉贵（1918—1987）男，汉族，北京市人，中共党员。中共十一大代表，第五、六届全国人大代表。1955 年参加工作，生前系北京市百货大楼售货员。张秉贵从 1955 年 11 月到北京市百货大楼站柜台，30 多年接待顾客数百万人，没有怠慢过任何一个人。从为国家争光、为人民服务的政治信念出发，他在问、拿、称、包、算、收六个环节上不断摸索，练就了“一抓准”和“一口清”的过硬本领，接待一个顾客的时间从三四分钟减为一分钟。他通过特有的眼神、语言、动作、表情、步伐、姿态等，为顾客提供热情周到的服务，几乎成了那个时代商业领域的服务规范。上世纪 50 年代，他总结出站好柜台要做到五点：精神饱满、思想集中、耳目灵敏、抬头售货、动作“三快”；60 年代，他总结出“接一、问二、联系三”的售货法，刻苦练就称糖“一抓准”、算账“一口清”的绝技；70 年代，他将自己几十年如一日满腔热情的服务精神归纳概括为“一团火精神”，响亮地提出“心有一团火、温暖顾客心”。

他将自己的柜台服务经验，编写成《张秉贵柜台服务艺术》，并到各单位表演、讲课，听众达十多万人次。1979 年被授予全国劳动模范荣誉称号。

一只燕子，衔着春天飞翔
——邢燕子

天空，没有鸟儿飞翔的年代
是父辈缺衣少粮的困苦岁月
米缸空着
水缸也空着
连锅里都煮着星星，月亮
就是在这时
司家庄飞来一只梳小辫的燕子
她在泥屋上筑巢
啼鸣唤醒了村庄

一只头燕飞来
数只燕子成行
由红头巾组成的“突击队”
亮丽了乡亲们的眼睛
燕子们飞翔的土地上
庄稼返青了
大豆，挂荚了
鱼儿，上钩了
驴子牛羊都撒欢了

不似春光
胜似春光

几度秋风吹过
司家庄抬头了
钱包里有钱了
粮仓里有粮了
饭桌上的野菜换上鸡鸭鱼肉
老爷爷的酒壶里装满“红高粱”

那个年代还真需要“跃进”的步子
慢了，怎能抵挡西伯利亚的寒风
没裤子穿的年月连土都冒火
多亏这群织春的燕子
在风雨里搏击，闯荡

燕子 5 次进京
毛泽东和她拉手
燕子 13 次来到大会堂
周恩来和她一起唠家常
伟人们在会见一个时代呀
勉励一个时代的车轮
滚滚向前
劈风斩浪

诗歌背景墙

邢燕子，女，汉族，天津市人，中共党员。中共九大至十三大代表，第三届全国人大代表。1941 年出生，1958 年参加工作，天津市北辰区人大常委会原副主任。1958 年，17 岁的邢燕子初中毕业。她没有回到父母所在的天津市区，而是积极响应党中央号召，满怀改变家乡落后面貌、做祖国第一代有文化农民的豪情壮志，回到当时的宝坻县司家庄村，每天与乡亲们一起去插秧苗、种高粱。司家庄村是个缺少劳力的穷村，在那里，她和农民打成一片，村里劳动力少，她先是组织成立幼儿园，解放妇女劳动力，后来干脆带领女团员，组成了“燕子突击队”。很快，“燕子突击队”从 7 人扩大到了 16 人，影响带动全村妇女干了起来。冬季，她带着突击队员砸开三尺厚的冰结网打鱼，晚上打苇帘子，3 个月就给村里挣了 3600 多元钱，种下 430 亩高产麦，向荒洼要粮。她经历了艰苦生活的考验，数年如一日地忘我劳动，为农村社会主义建设事业作出了突出成绩，在我国农村经济最困难的时期成为“发愤图强，扎根农村，大办农业”的青年典型。曾先后 5 次受到毛泽东接见、13 次受到周恩来接见。她的先进事迹引起全国青少年学生的强烈反响，成为影响一代人的青年标兵。

献给“两弹元勋”的挽歌

——邓稼先

此时——
我的心一次又一次
撕裂
我的眼睛一次又一次
泛红
泪水打湿案前的稿纸
心脏咚咚地跳动
我学会什么是感恩
我懂得什么是不忘
我知道他的存在
是何等的重要

他的生命
又是何等的灿烂，火红
他的存在
与我们的自豪有关
他的生命
正好嫁接了神话的诞生
我们有理由安宁，快乐
但我们没理由忘记一个辉煌
他生命的一端
托起中国的未来

他的名字
大写在华夏苍茫的天空
他的真情大爱
蕴藏了一声震惊世界的雷爆
那一声58年前的晴天霹雳
预报了一个民族的站立
开启了一个新世纪的征程

今天，中国之伟大
中国之磅礴
不仅仅有“地大物博
人口众多”
而是我们有“两弹一星”
“宇宙航船”
才与世界比肩
才与时代共豪情

邓稼先——
这个名字曾隐藏了28年
埋没在高端实验室里
埋没在渺无人烟的戈壁大漠
他消失在妻子的疼爱里
在神圣的事业里隐姓埋名

他知道他案头的数据
所包含的分量
他默默付出的是牺牲
换来的却是一个大国的光荣
一个民族的脊梁
一段历史的终结和开始

他说："值得！"

他向生命的禁区走去
他向大勇无私的地域走去
那是一次核弹升天的试验
摔碎的原子弹没有爆炸
他沉静地走进那片沙漠

要寻个究竟
就在他手托弹头的瞬间
强烈的射线已击重身体
这不是忽略
也不是无知
是他超越生命的"求知"欲望
压倒了一切

由此，中国
在他强大之后强大
在他有名之后有名
华夏上空的蘑菇云向世界宣告
中国，已不再是落后贫穷
别国有的，我们也有
别国没有的，我们也要有
今天的中国啊
已占领世界之林的顶峰

请他的爱人代我们
在他的墓前献上一束鲜花
感谢他的无私
感谢他的忠诚

感谢他给了祖国那么骄傲与自豪
感谢他的大智大勇

是他的牺牲换来了满天霞光
祖国啊 才有了今天
如歌的畅想
如梦的安宁……

诗歌背景墙

邓稼先（1924—1986）男，汉族，安徽省怀宁县人，中共党员、九三学社社员。生前系国防科工委副主任。著名核物理学家。

邓稼先是我国核武器理论研究工作的奠基者之一。早在青少年时代，他就树立科技强国的理想。1948 年到美国普渡大学留学，获物理学博士学位。1950 年放弃国外优越的工作生活条件，回到祖国。他甘当无名英雄，默默无闻地奋斗了几十年。他组织领导开展了爆轰物理、流体力学、状态方程、中子输运等基础理论研究，对原子弹的物理过程进行了大量模拟计算和分析，从而迈出了中国独立研究设计核武器的第一步。他领导完成了中国第一颗原子弹的理论方案并参与指导核试验前爆轰模拟试验。他组织领导了氢弹设计原理、选定技术途径的研究，组织领导并亲自参与了 1967 年中国第一颗氢弹的研制与试验工作。在组织领导与规划中国新的核武器工作中作出了重要贡献。他不仅忘我地投入科学研究，而且常常在关键时刻不顾个人安危，出现在最危险的岗位上，表现出高度的牺牲奉献精神。他是中国科学院部委员（院士），获国家自然科学奖一等奖、国家科技进步奖特等奖，被授予全国劳动模范等荣誉称号。1999 年中共中央、国务院、中央军委追授他“两弹一星”功勋奖章。